神州行
诗词

殷正大 著

上海大学出版社
·上海·

图书在版编目(CIP)数据

神州行诗词/殷正大著.—上海：上海大学出版社，2023.11
　ISBN 978-7-5671-4803-1

　Ⅰ.①神… Ⅱ.①殷… Ⅲ.①诗词—作品集—中国—当代 Ⅳ.①I227

中国国家版本馆CIP数据核字（2023）第214833号

责任编辑　石伟丽
封面设计　柯国富
技术编辑　金　鑫　钱宇坤

神州行诗词

殷正大　著

上海大学出版社出版发行
（上海市上大路99号　邮政编码200444）
（https://www.shupress.cn　发行热线021-66135112）
出版人　戴骏豪

*

南京展望文化发展有限公司排版
上海东亚彩印有限公司印刷　各地新华书店经销
开本890 mm×1240 mm　1/32　印张10　字数176千
2023年11月第1版　2023年11月第1次印刷
ISBN 978-7-5671-4803-1/I·696　定价　88.00元

版权所有　侵权必究
如发现本书有印装质量问题请与印刷厂质量科联系
联系电话：021-34536788

2007年10月9日,作者游云南丽江古城

2007年12月20日，作者和夫人游海南天涯海角

2009年7月8日，作者和夫人游甘肃鸣沙山

2009年7月14日,作者和夫人游新疆喀纳斯湖

2010年8月29日,作者和夫人游西藏布达拉宫

2010年9月5日，作者和夫人游西藏那根拉山口

2011年5月14日，作者和夫人游山西壶口瀑布

2013年1月19日，作者和夫人游台湾野柳地质公园

2013年8月5日,作者和夫人游辽宁大连金石滩海滨

2013年8月8日，作者游吉林长白山谷底森林

2013年8月9日，作者所拍黑龙江吊水楼瀑布

2015年9月19日，作者和夫人游河北西柏坡

2015年9月20日，作者和夫人游河北赵州桥

2016年8月4日，作者和夫人游甘肃景泰黄河石林

2016年8月6日，作者所拍宁夏青铜峡108塔

2019年6月9日，作者和夫人游青海大柴旦乌素特水上雅丹

2019年6月10日,作者和夫人游新疆罗布泊

2019年6月14日,作者和夫人游新疆喀什古城

前言

《神州行诗词》写的是人生之旅。笔者古稀之年偕妻旅游，游览了祖国的大好河山，足迹遍及包括港澳台在内的各大行政区。

《神州行诗词》的内容按省区市分列，诗词分绝句、律诗、词三类。诗词末尾一行注明时间，1969年6月之前的均为成诗时间；此后多为旅游诗词，年月日为到达景点的时间。格律基本遵从著名语言学家王力著作上的诗律词谱。

我国素有"诗国"之称，唐宋诗词是中国古典文学的瑰宝、中华优秀传统文化的重要组成部分。笔者热爱唐宋诗词，边学边写是笔者的业余爱好。《神州行诗词》汇集了笔者的习作，并据有关资料添加注释。水平所限，诗词注释不当或不尽合律之处在所难免，敬请读者不吝指正。

目录

上海

3　蝶恋花·归途
4　回沪探亲
5　湖中别后
6　小重山·复员
8　悼亡父之灵
9　平安短信
10　沁园春·北京奥运会
12　短信庐山
13　为越越周岁题字

浙江

17　纳凉夜话
18　长相思·湖中行

20　重到西湖

21　水调歌头·婺源衢州四日游

23　天台龙穿峡

24　西江月·天台济公故居

25　赴杭州访友

江苏

29　春郊漫步

30　重过南京

31　满庭芳·南大校友六十年重聚

33　清平乐·南京大报恩寺

34　永遇乐·南京秦淮河

36　江城子·扬州瘦西湖

38　江城子·镇江金山寺

40　江城子·镇江焦山

42　江城子·镇江北固山

山东

47　行军

48　国庆节

福建

51　望海潮·浙闽游

台湾

55　日月潭
56　阿里山
57　恒春半岛

四川

61　访成都
62　水调歌头·九寨沟、黄龙
64　菩萨蛮·乐山大佛
65　菩萨蛮·峨眉金顶
66　太常引·青城山
67　念奴娇·都江堰

云南

71　天仙子·丽江古城

73 水龙吟·虎跳峡、香格里拉

75 虞美人·中甸碧塔海

76 清平乐·大理掠影

77 青玉案·云南昆明石林

79 醉花阴·昆明世界园艺博览园

贵州

83 镇远古城

84 贵阳记游

86 虞美人·黔西百里杜鹃

88 水调歌头·黄果树瀑布

90 清平乐·福泉洒金谷

91 青玉案·荔波大小七孔

93 天仙子·西江千户苗寨

广西

97 临江仙·桂林山水

98 忆秦娥·兴安灵渠

100 渔家傲·柳侯祠

102 西江月·广西真武阁

广东

105 潮州广济桥
106 汕头礐石风景区
107 惠州西湖
108 深圳游
109 到广州

海南

113 望海潮·海南游

陕西

117 秦始皇兵马俑博物馆
118 华清池
119 乾陵
120 法门寺
121 小重山·陕北靖边波浪谷
122 满江红·到延安有感
124 千秋岁·谒黄帝陵
126 青玉案·西岳华山

山西

131 解州关帝祖庙
132 水龙吟·观壶口瀑布有感
134 清平乐·恒山天峰岭
135 清平乐·恒山悬空寺
136 云冈石窟
137 太常引·北武当山
138 太原晋祠

北京

141 京郊
142 水调歌头·登八达岭长城
144 北京故宫

天津

147 天津盘山

河北

151　承德避暑山庄
152　河北西柏坡
154　河北苍岩山
155　石家庄赵州桥

辽宁

159　暇时
160　东陵
161　有感
162　少年游·清歌
163　腊梅
164　一觉
165　除夕大雪
166　望海潮·渡海大连
168　虎石沟万人坑
169　踏莎行·送人行
170　菩萨蛮·梦回故乡
171　忆旧游·雪意
173　偶感

174 问君

175 卜算子·惜春

176 木兰花慢·归思

178 踏莎行·离沈返沪

179 大连滨海国家地质公园

180 游千山

吉林

183 雨中游长白山

黑龙江

187 水调歌头·吊水楼瀑布

189 五大连池

190 扎龙鹤乡

内蒙古

193 呼伦贝尔大草原

河南

197 军演喜遇春雨
198 龙门石窟
199 洛阳白马寺
200 洛阳神州牡丹园
201 云台山
202 绝壁长廊郭亮村
203 安阳殷墟
204 太昊伏羲陵
205 嵖岈山

湖北

209 浪淘沙·离京
210 浪淘沙·游东湖有感
211 乡音
212 演习
213 元宵夜忆中秋
214 屈原纪念馆
215 东湖行吟阁
216 春游东湖

217　登蛇山有感

218　重到武汉

219　武昌黄鹤楼

220　襄阳古隆中

221　保康五道峡

222　湖北武当山

223　神农坛

224　昭君故里

225　三峡人家

湖南

229　玉楼春·登岳阳楼

230　虞美人·张家界宝峰湖

231　石州慢·张家界金鞭溪

233　醉蓬莱·武陵源四日游

235　小重山·湘西古丈红石林

236　清平乐·湘西凤凰古城

237　浪淘沙·瞻仰毛主席故居

238　清平乐·南岳衡山

甘肃

243 菩萨蛮·鸣沙山月牙泉

244 菩萨蛮·莫高窟

245 麦积山石窟

246 平凉崆峒山

247 景泰黄河石林

宁夏

251 中卫沙坡头

252 青铜峡一百零八塔

253 贺兰山西夏王陵

青海

257 菩萨蛮·青海日月山

259 菩萨蛮·青海湖

260 菩萨蛮·原子城

262 虞美人·青海大柴旦翡翠湖

西藏

265 念奴娇·天路、布达拉宫
267 菩萨蛮·米拉山赏初雪
268 菩萨蛮·林芝行
270 菩萨蛮·羊卓雍错日喀则
271 菩萨蛮·雍布拉康
272 菩萨蛮·纳木错、羊八井
273 菩萨蛮·罗布林卡

新疆

277 江城子·交河故城
279 念奴娇·喀纳斯
281 清平乐·白哈巴、禾木即景
282 踏莎行·那拉提草原
283 破阵子·到罗布泊
284 汉宫春·喀什古城
286 小重山·天山神木园
288 踏莎行·巴音布鲁克大草原
290 端正好·特克斯八卦城

蝶恋花·归途

客里风光终觉浅，
别梦天涯，
依约故园面。
心令如山心路远，
而今更有云泉恋①。

漠漠关山魂欲断，
扑面清香，
渐觉芳尘软。
行到江南春已晚，
落花时节归人倦。

（1967年5月）

[注释]

① "云泉"指祖国的大好河山。此生迟早要遍游神州大地。

回沪探亲①

万里奔波郁郁来，
卧床老父病颜开。
灯前除夕聚难得，
关外经年幸喜回。
但愿双亲身永健，
还望诸弟各成才。
迎新辞旧烟尘际，
斗室人家庆一杯。

（1968年春节）

[注释]

① 在我读中学时，父母和三个弟弟迁居上海。工作后，每逢休假我都回上海探亲。

湖中别后

湖中一别故人疏,
返里相逢忆往初①。
弱柳扬花日偏好,
新丝凝影夜成虚。
兰舟有幸浮西子,
鸿雁无缘系尺书。
回首十年轻似梦,
梦魂不到欲何如?

(1968年2月)

[注释]

① 高考分别,大学毕业,工作两年休假一次。回沪每遇少年同窗,总会聊起在母校湖州中学那段美好时光。

小重山·复员①

一路关山万里尘，
长车人似梦、梦如云。
东风迤逦百花殷。
江南好，
扑面送清芬。

回首七八春，
年年思漫漫、意沉沉。
天涯无事苦侵寻。
归来也，
辜负少年心。

（1969年5月）

[注释]

① 获准复员后先回沪探亲，火车上拥挤不堪，一路寻思不已。自打从北京中国科学院调入沈阳部队科学院，奉命去武昌军校学习，结业后下连当兵锻炼一年，回研究所长期无所事事，数

学业务荒疏。这次复员规定为"哪里来回哪里去",回京从事数学研究已无能为力,工作安排又身不由己,总之,时光不再,有负少年初衷。

悼亡父之灵

清白一生贫,
辛劳半世人。
天堂终始见,
祭扫墓园亲。

（1977年清明节）

平 安 短 信

念儿千里外,
父母意叮咛。
多谢一行字,
心安觉也宁。

（2007年1月10日）

沁园春·北京奥运会

巡海祥云,
顶礼珠峰,
盛举北京。
约寰球逐鹿,
五环伫立,
神州际会,
百载荣承。
天下龙螭,
人间虎豹,
一决雌雄奥运征。
圆梦幻,
写千秋大雅,
烁古文明①。

鸟巢鸾凤争鸣,
都只为、倾情夺冠缨。
看馆池腾跃,
赛球飞舞,

径田拼搏，

激浪奔行。

赤子英豪，

凯歌时刻，

赢得金牌榜首名。

五星起，

展泱泱风范，

济世和平。

（2008年8月8日）

[注释]

①"龙螭""虎豹"比喻参加北京奥运会的各国体育健儿。2008年8月8日晚上8时，第29届夏季奥运会在北京隆重开幕，开幕式上的节目精彩纷呈，展现了中华民族博大而独具光辉的亘古文明。

短信庐山[1]

匡庐雾雨沉,
路湿莫轻心。
诗画幼时慧,
山川此日寻。
东坡留绝唱,
太白有仙吟。
昔诵如流畅,
晤游情自深。

（2008年10月30日）

[注释]

[1] 2008年10月30日，女儿文倩去游庐山，收到她发的短信，回一五律给她。次日重阅，发现原诗第二联未用对仗，现改为对仗联，第四联相应作了修改。文倩小学时已能背诵整本《唐诗三百首》。

为越越周岁题字

呱呱来此日，
赤子喜临门。
小小开心果，
亲亲嫡长孙。
辛劳常困倦，
昼夜间晨昏。
养育情如海，
毋忘父母恩。

（2012年9月4日）

纳 凉 夜 话①

夜沁人声静，

风微笑语轻。

湖中无限好，

悄悄别离情。

（1956年夏）

[**注释**]

① 1956年参加高考之前，在浙江省立湖州中学住读，大热天晚上纳凉时闲聊，不觉流露出依依惜别之情。

长相思·湖中行①

梦苕溪,
聚苕溪,
朝夕湖中共泽晖,
滋滋细入微。

渐古稀,
漫古稀,
少小情长老不违,
思源树正菲。

(2006年10月9日)

[注释]

① 高中毕业50年,同班老同学相约返母校湖州中学聚会。2006年10月9日,正值中秋时节,20多位少年同窗久别重逢,相见甚欢。上午与母校师生一起座谈,下午游览了新校区——弁山湖中,依山而筑,环境优美。我们给母校敬献"思源"石,将其立于香樟树旁,并欣然在树下石旁合影留念。返沪后,每

每对影回顾,总觉无限宇宙,短暂人生,居然朝辉同度,夕阳共赏,幸会如此,真是不可思议。有感于师恩学谊,回沪后,特填《长相思》小词,以记此少年同窗白发之行。词中"苕溪"即指湖州。

重到西湖[①]

赴考杭城五十年,
苕溪拂浪夜航船。
钱塘夕照水天艳,
曲岸荷花红碧鲜。
白发重游情未老,
青山相望梦犹牵。
雷峰塔影晴岚处,
西子新妆更胜前。

(2006年10月11日)

[注释]

① 2006年10月11日,随团浙闽游,途经杭州,特在西湖畔一览。故地重到,不禁想起初游西湖时的情景。1956年夏,湖中5个毕业班的考生,多乘小汽轮牵引的拖船夜航到杭州,在浙江大学参加高考,考后分别相约游西湖,我和高中同桌的老同学一起,凭折扇上一幅风景图,环湖泛舟游览了西湖许多名胜。

水调歌头·婺源衢州四日游

应惜韶华老，
相伴婺源行。
风生雨阻佳境、晓起寿星迎①。
一路山光水影，
满眼云泉雪瀑，
散漫好心情。
峡谷飞流急，
俯仰卧龙鸣。

烂柯处，
神仙奕，
洞天横②。
隔年国手云聚、逐鹿衢州荣。
此地书香才众，
疑是山川灵秀，
自古不虚名③。
南孔圣人在④，

重教育群英。

（2007年4月17日）

[**注释**]

① 晓起始建于787年，现隶属于江西省上饶市婺源县的一个乡镇，被评为国家级农业生态示范村。这里有古朴典雅的明清时期民居，曲折宁静的街巷，野碧风清的自然环境，遮天蔽日的古树。诗中"寿星"指晓起树龄达1 300多年的几棵高大的古樟树。

② 衢州烂柯山，洞天横空，相传为神仙弈棋之地：晋人王质入山伐薪，观二童对弈，棋局未终斧柄已烂，故名"烂柯山"。

③ 衢州为浙江省地级市，是一座有1 800多年历史的文化名城，历来尊儒重教，人才辈出。

④ 孔氏南宗家庙位于衢州市菱湖，是仅次于曲阜孔庙的孔氏儒学中心，为孔氏第二圣地。

天台龙穿峡[1]

阳春三月上天台,
胜景龙穿峡谷开。
时见霓虹飞响瀑,
漫随溪涧溯清洄。
登高始觉浮云去,
望远初疑悬水来。
太白临风波潋滟,
天池浴翠好徘徊[2]。

(2009年4月14日)

[注释]

[1] 天台龙穿峡在浙江省台州市天台县白鹤镇境内,景区内峡谷、飞瀑、洞壑、流泉俱全,风景颇佳。
[2] "太白临风"系山顶附近的石刻,"天池"指山顶水池。

西江月·天台济公故居①

神谷琼台来客②,
济公故里思贤。
葫芦福地赤霞边,
溪畔法缘早显。

八百年间活佛,
大千世界顽仙。
似僧似道似疯癫,
侠义红尘行遍。

（2009年4月15日）

[注释]
① 济公故居在浙江省台州市天台县永宁村。
② "神谷琼台"即天台山龙穿峡。

赴杭州访友

同窗挚友少时俦,
玄武湖边合影留①。
六载湖中情自重,
五年南大业勤修。
国家统配京城去,
数理科研志愿酬。
耄耋杭城一相会,
敞怀畅叙岁华稠。

（2019年10月17日）

[注释]

① 高中同桌的诚策兄和我就读于浙江省立湖州中学，毕业时赴杭参加高考，一同考入南京大学，我读数学专业，他读物理专业。后他因病休学，疗养一年后继续学业。我毕业那年被分配去北京，此前，两人特去玄武湖合影留念。

春 郊 漫 步

弦歌声缓远天游,
无限春光意气幽。
不尽山中清绿水,
蜿蜓漫向心田流。

（1959年春　南京）

重过南京①

重过南京思似纱，
绿城无处不芳华。
勤工学子勤耕处，
俭学书生俭探家。
旧日同窗喜共影，
隔年老友笑倾茶。
诚知桃李满天下，
几度春风催始花？

（1964年6月）

[**注释**]

① 1964年6月，武昌军校学习结业，乘江轮回沪。船过南京，想起在南大读书的时光，到家作此一诗。

满庭芳·南大校友六十年重聚

六十春秋,
风流云散,
几度南大重逢?
业师恩泽,
铭记寸心中。
漫道山南海北,
白头见、惬意由衷。
寰球小,
平生幸会,
谈笑乐融融。

北楼诚朴在,
敦行励学,
雄伟钟洪。
有人才济济,
百载儒宗。
满座莘莘学子,
无怨悔、报国情同。

匆匆别,
声声保重,
长享夕阳红!

（2016年10月17日）

清平乐·南京大报恩寺

报恩塔寺，
圣迹东吴始。
五色琉璃明至丽，
自古名闻遐迩①。

风铃摇曳声频，
笼灯光耀香尘。
阿育塔王冠绝，
释迦顶骨真身②。

（2016年10月19日）

[注释]

① 大报恩寺内九级五色琉璃塔被誉为中世纪世界七大奇迹之一。

② 地宫出土了大型"鎏金七宝阿育王塔"和"佛顶真骨"，前者为世界阿育王塔之最，后者是世界唯一的佛顶真骨舍利。

永遇乐·南京秦淮河①

十里秦淮,
六朝望族,
商贾云集。
自古繁华,
珠帘漫卷,
彻夜悬灯市。
隋衰宋复,
文人名士,
夫子庙前休憩。
乌衣巷、燕归王谢,
新巢百姓门第。

斜阳夕照,
晚来晴好,
偕访金陵胜地。
河畔悠游,
桥头倚望,
画舫霓虹驶。

明清鼎盛,

江南贡院,

科举功名求仕。

泮池岸、金龙照壁,

舌尖甘味②。

(2016年10月19日)

[注释]

① 南京秦淮河历史悠久,有"中国历史第一文化名河"之称,孕育了南京的古老文明。

② 孔庙规制,大成门前的半月形水池称"泮池"。池对岸墙上画有两条大金龙。"舌尖甘味"指秦淮河的南京美食。

江城子·扬州瘦西湖[①]

扬州名胜瘦西湖,
雨云初,
好风徐。
石壁流淙,
汩汩入心愉。
二十四桥诗意在,
明月夜,
锦秋殊。

五亭桥艺秀江都[②],
美何如?
誉称孤。
绿水潺潺,
浪逐彩舳舻。
六十周年南大聚,
回沪过,

畅游舒。

(2016年10月21日)

[注释]

① 康乾时期，瘦西湖有"园林之盛，甲于天下"之誉，比之杭州西湖，别有一种秀丽清瘦的特色，故称为瘦西湖。

② "五亭桥"又称莲花桥，为瘦西湖的标志、扬州市的象征。1757年，扬州盐商为迎奉乾隆帝而建。

江城子·镇江金山寺

江天禅寺览江天①,
寺连绵,
裹金山。
碧映丹辉,
殿阁比邻攀。
水漫金山成劫难,
神话说,
白蛇传。

长江万里浪中间,
出泠泉,
独无前。
茶圣《茶经》,
好水入茗编②。
江月妙高台上涌③,
东坡舞,

自称仙。

（2016年10月22日）

[注释]

① 金山寺位于江苏省镇江市西北金山上，有1 600多年的历史。康熙赐名江天禅寺，今为国内佛教禅宗名寺。民间传说故事《白蛇传》中的金山寺即指此。

② 金山原为长江中一岛屿，山上"中泠泉"水质超群，煮茶论水评第一，茶圣陆羽将其编入《茶经》。

③ "妙高"为梵语"须弥"意译，妙高台又称晒经台。苏东坡曾多次游金山，今妙高台围墙上勒有苏东坡《水调歌头》中秋词。

江城子·镇江焦山[①]

长江浮玉岛生烟,
浪花溅,
景观妍。
古树葱茏,
庭院阁观澜。
翠柏苍松掩庙宇,
山裹寺,
好修禅。

碑林名刻百家全,
历朝镌,
冠江南。
瘗鹤铭碑[②],
笔法世无前。
书圣来游携鹤折,
伤悼字,

写焦山。

（2016年10月22日）

[注释]

① 焦山因相传东汉焦光隐居于此而得名，是镇江东北长江中的岛屿游览胜地，也是江南著名的佛教圣地。

② 焦山碑林存有历代碑刻400多方，为江南之冠。号称"书法冠冕"的《瘗鹤铭》，一说是王羲之游焦山时携鹤意外夭折，丧悼所书。

江城子·镇江北固山①

三山鼎立镇江边,
一金山,
二焦山。
北固悬崖,
涧道步登攀。
天下江山名冠世,
形胜地,
坐东南。

联姻吴蜀古今传,
拱门穿,
步山巅。
刘备招亲,
诸葛计成全。
龙凤呈祥何处是?
甘露寺,

寺冠山。

（2016年10月22日）

[注释]

① 镇江北固山濒临长江，与金山、焦山成掎角之势。北固山形势险要，坐断东南，有"天下第一江山"之誉。

行军①

身在云间尾在山,
乘龙跃过米粮川。
千村拥翠晓烟里,
万户居黄夕照前。
行看中秋圆桂月,
卧听阔野溅流泉。
从军岂惜琴书画,
投笔胸怀似海天。

(1964年9月)

[注释]

① 军校结业回部队研究所,奉命下连当兵锻炼,参加当时山东某实战机械化部队的一次行军,回驻地后,作此七律。

国 庆 节[①]

万水千山喜阵前,
新兵国庆似过年。
腾欢举国拥三帜,
歌舞倾城动九天。
革命功成五星起,
人民心向红旗连。
城楼今夜一相会,
明日东风四海传。

（1964年10月）

[注释]

① 完成军校学业后,奉命在山东省下连当兵锻炼,1964年的国庆节,我是在当地驻军的营地上度过的。

望海潮·浙闽游

古稀初愈，
清秋高爽，
胜游千里如诗。
花港观鱼，
灵峰待月①，
涌泉书壁生辉。
晓喻报恩施②。
有惠安汉女，
巾袖丰姿。
崇武干城③，
万安桥记蔡襄碑④。

丛林海隅神怡。
喜椰枝展羽，
榕树垂丝。
南普溯唐，
开元并古，
国清传世隋梅⑤。

鼓浪沁芳菲⑥。

望金台宝岛，

峡水相依。

血脉相承，

九州一统盼归期。

（2006年10月17日）

[注释]

① 浙闽游，顺路到杭州西湖畔，先去"花港观鱼"，再去雁荡山第一大洞"灵峰观音洞"游览。"灵峰待月"指回程到灵峰观赏月夜美景。

② 涌泉寺位于福建省福州市鼓山半山腰的白云峰下，寺内有"知恩报恩"石刻。

③ 崇武故城系明代抗倭时所建，是我国仅存的比较完好的石头城。福建惠安女，头戴花头巾和黄色斗笠，上衣紧窄短小，裤子宽松肥大，服饰别具风采，在汉族妇女中独树一帜。

④ 万安桥也称泉州洛阳桥，是我国第一座濒临海湾的大石桥。江底先铺大石为基，其上再建桥。时任泉州郡守的蔡襄是宋代四大书法家之一。他撰写的《万安桥记》碑刻是书法珍品，保存在桥头蔡公祠内。

⑤ 泉州开元寺与厦门南普陀寺是始建于唐的两座名寺，开元寺是福建最大的佛寺。天台国清寺的一株隋梅传世已1 400多年。

⑥ "鼓浪"指厦门鼓浪屿，岛上环境幽美。

日 月 潭

南湖弯月北湖圆,
日月潭中碧水涟。
身趁游轮览胜地,
心随飞鸟入轻烟。
玉山峡谷彩云处,
阿里婵娟素面天。
生就峰峦环绿卧,
瑶池美景不虚传。

（2013年1月14日）

阿 里 山

列车绕岭凭窗览,
山下暖来山上寒。
胜地风光赏心目,
仙居云海起霄澜。
香林红桧周公树,
神木参天蔽日冠。
君看同根三代木,
枝繁阿里亦奇观。

（2013年1月15日）

恒春半岛

恒春岬角入汪洋,
猫鼻鹅銮伫海旁。
裙折珊瑚石灵俏,
雨林椰子树荫凉。
外轮前世触礁没,
东亚之光照夜航。
遥望波涛接天处,
诸沙群岛是吾疆①。

（2013年1月17日）

[注释]

①"诸沙"指南海中的东沙、中沙、西沙、南沙的全部岛礁沙滩。

访 成 都

当时把笔共从戎,
四十多年意气通①。
军旅生涯诚可立,
蹉跎岁月自难功。
草堂诗圣千秋在,
昭烈君臣一代雄。
最是三星堆诡秘,
金沙古蜀探迷丛。

(2007年9月21日)

[注释]

① 1962年,我和凌兄从北京中国科学院数学研究所奉调进入部队科研院所,后先后复员转业,40多年来,联系交往不断。后来凌兄又被召回部队院校,退休后返回成都定居。

水调歌头·九寨沟、黄龙

久仰蓬莱境①,
佳节月中逢。
玉山瑶海珠瀑、天府水晶宫。
好看秋林红紫,
好摄湖光绚丽,
好景遍苍穹。
驾雾云霄里,
数我白头翁。

书生歇,
情未了,
意由衷。
优游山水、金发碧眼笑从容②。
花甲古稀无恙?
九寨黄龙潇洒,
风物美奇雄。
赢得精神爽,

不负夕阳红。

（2007年9月24日）

[注释]
① "蓬莱境"指九寨沟、黄龙美如仙境。
② 金发碧眼指在黄龙遇见的一位德国画家。

菩萨蛮·乐山大佛

凌云崖岸未来佛①,

雍容大度临风月。

禅坐越千年,

巍峨天地间。

三江波浪阔②,

半壁游人接。

莫道客虔诚,

山川自有情!

（2007年10月1日）

[注释]

① 乐山大佛是世界上最大的石刻佛像,位于四川省乐山市凌云山栖鸾峰断崖上,为一尊弥勒坐佛。"未来佛"指弥勒佛。

② "三江"指岷江、青衣江、大渡河,大佛面临三江汇流处。

菩萨蛮·峨眉金顶[①]

峨眉雾雨弥天地,
普贤乘象虚空里。
金顶有神灵,
披星若梦行。

平常心散漫,
老至身顽健。
但上白云间,
青山绿水还。

(2007年10月2日)

[注释]

① 峨眉山在四川省峨眉山市西南,主峰万佛顶海拔3 079米。我国佛教四大名山之一,传为大乘佛教普贤菩萨的道场。

太常引·青城山[①]

青城神秀满金秋,
老合漫优游。
迷翠洞天悠。
经行处、仙居境幽。

有常天道,
无常世道,
福寿莫强求。
紫气逸青牛[②],
任天外、惊涛骇流。

（2007年10月4日）

[注释]

① 青城山在四川都江堰西南，亦称"天谷山"。相传东汉末年，道教创始人张道陵来青城山设坛布道。为道教的发祥地之一。

② 山顶老君阁里有太上老君跨青牛的塑像，按徐悲鸿遗作《紫气东来》塑成。

念奴娇·都江堰①

山开玉垒,
望宝瓶、浪涌内江波碧②。
引灌川西甘露水,
绿野年年丰泽。
万顷膏田,
四乡村落,
行处皆殷实。
蜀中饶富,
由来天府之国。

观庙祭祀先贤③,
伏龙功在,
滚滚安澜入。
鱼嘴分洪因势导④,
更有飞沙排溢⑤。
远见非凡,
深滩低偃,
遗训镌名则⑥。

悠悠岁月，

惠民千载无匹！

（2007年10月4日）

[注释]

① 都江堰在四川灌县的岷江上，由鱼嘴、飞沙堰、宝瓶口三部分构成，是降伏岷江水患的自动引水工程。川西平原从此成为水旱从人、沃野千里的"天府之国"。这一举世无双宏大的无坝引水工程，是战国蜀郡太守李冰父子利用天然的地势条件率众建成的，堪称"世界水利文化的鼻祖"。2000年列入世界文化遗产名录。

② "宝瓶"指宝瓶口，因其形如瓶颈，故名，是总入水口。

③ "观"指伏龙观，"庙"指二王庙，均是后人纪念李冰父子的祀庙。

④ "鱼嘴"为建于岷江江心的分水堤，形若鱼口。

⑤ "飞沙"指飞沙堰，是鱼嘴至宝瓶口之间的溢洪道，岷江水分流至此经泄洪、排沙后入内江，保障川西平原用水的安全。

⑥ 李冰父子的治水格言"深淘滩，低作堰"书于庙壁上，成为历代养护都江堰的准则，泽惠至今已有2 000多年了。

天仙子·丽江古城[1]

天赐丽江山水丽,
我羡古城风景美。
玉龙冰雪送清波,
庭园地,
祥图砌,
镇上人家花满第。

里巷街坊桥路济,
铺肆馆楼鳞栉比。
纳西古乐东巴文[2],
茶马辔,
风情媚,
翁媪联翩君舞未?

(2007年10月8日)

[注释]

① 丽江古城位于云南省丽江市古城区,丽江是国家历史文化

名城。

②纳西古乐融入道教法事音乐、儒教典礼音乐等,人称"音乐化石"。东巴文是纳西族使用的图画象形文字,被誉为世界上唯一完整"活着的象形文字"。东巴古籍文献入选《世界记忆名录》。

水龙吟·虎跳峡、香格里拉

龙吟虎跳金沙①,

峡江束起危崖峭。

昆仑沃雪,

凌空白浪,

咆哮桀骜。

激越崇山,

广容湍水,

奔腾浩渺。

汇长江万里,

横流沧海,

桑田出,

天行道。

一路风驰净域,

似芬芳、仙源缥缈。

藏乡牧野,

蓝天清湛,

斜阳晚照。

古道香城②,

坊间夜舞,

客盈歌笑。

望星空幽邃,

经筒佛寺,

更添神奥!

(2007年10月11日)

[注释]

① 虎跳峡在云南玉龙纳西族自治县石鼓东北。相传有老虎蹬江中巨石一跃而过金沙江,故名虎跳峡。

② "香城"指香格里拉,原名中甸县,2001年经国务院批准更名为香格里拉县,2014年改设香格里拉市,是迪庆藏族自治州人民政府驻地。

虞美人·中甸碧塔海①

高原镜泊清秋影,
白发红巾映。
湖边光景彩林幽,
时见路旁松鼠伴人游。

天涯芳草牛羊瑞,
野旷心神醉。
花源何处觅仙踪?
碧海瑶池缥缈卧云中。

(2007年10月12日)

[注释]

① 碧塔海位于云南西北香格里拉东部,因湖中有塔状小山而得名,是云南海拔最高的湖泊。

清平乐·大理掠影①

苍山雪杳,
洱海烟波渺。
飞瀑谷溪清碧好,
急雨相逢堪笑。

几番风雨兼程,
古城锦绣花明。
蝴蝶泉边歌韵②,
洋人街上风情③。

(2007年10月13日)

[注释]

① 大理隶属云南大理白族自治州,东临洱海,西倚苍山,现存古城建于明朝初年。

② 蝴蝶泉在苍山云弄峰麓。农历四月,彩蝶纷飞,蝴蝶从枝头连须钩足倒垂至泉面。大理到处可闻《蝴蝶泉边》的歌声。

③ 洋人街原名"护国路",因民国初期云南人民反对袁世凯称帝,起兵护国而得名;不少外国人在此定居,故名"洋人街"。

青玉案·云南昆明石林[1]

苍岩簇立轻烟缈,
剑池映、莲峰峭。
多少游人留影照。
琼崖玲透,
天工神妙,
造化春城俏。

石林芳野欢声闹,
歌舞撒尼乐花哨[2]。
白发漫游君莫笑。
年华如水,
世情难了,
梦里云山绕。

(2007年10月15日)

[注释]

① 云南昆明石林在昆明市石林彝族自治县,为世界地质公

园、国家级风景名胜区。

② 撒尼人是彝族支系。彝族人创造的"十月太阳历"产生于伏羲时代，有上万年的历史。景区有撒尼人表演歌舞，服饰亮丽、节奏欢快。

醉花阴·昆明世界园艺博览园[①]

世博园中芳草地,
华表迎红紫。
花季四时长,
不是春光,
胜似春光媚。

园内观光何处美?
碧树花阴里。
万国彩旗招,
咫尺天涯,
域外风情异。

(2007年10月17日)

[注释]

① 昆明世界园艺博览园是1999年昆明世界园艺博览会举办地,是世界上唯一完整保留的世博会会址。

镇远古城[1]

水曲山围太极城,
五溪云岭洞连程[2]。
暮游灯市舟桥渡,
日上龙崖观阁行[3]。
侗寨苗乡吊楼住,
古居井巷侧门迎。
㵲阳河景清纯丽,
镇远风光看不赢。

（2012年4月9日）

[注释]

① 镇远为贵州黔东南苗族侗族自治州下辖县。城形似太极,已有2 000多年历史,为国家历史文化名城;2009年入选"中国最美的十大古城"之列。

② "洞连程"意为:去镇远古城,无论是经铁路还是高速公路,都要穿越崇山峻岭,常常入洞穿隧道,出洞越峡谷桥。

③ "龙崖观阁"指镇远青龙洞贴崖古建筑群,蔚为大观,是全国重点文物保护单位。

贵 阳 记 游

天河潭作洞仙游,
初识林城山水遒①。
夕览风情环路乘,
晨留胜境翠微幽。
飞甍琼阁来丹凤,
浮玉鳌矶枕碧流②。
甲秀楼高登望远,
诗人长咏意悠悠③。

（2012年4月12日）

[注释]

① 诗中"林城"指贵阳。贵州山多林密，贵阳有"森林之城"及"山国之都"的美誉。

② "飞甍琼阁"指贵阳名胜"甲秀楼"，意为"科甲挺秀"，曾名"来凤阁"，高三层，屋脊飞檐翘角，古典雅致。楼始建于明万历年间，历代加以修葺，规制悉存原貌。现存建筑是清宣统元年（1909）重建的，至今仍矗立在南明河浮玉桥畔的鳌矶石上。

③ 清代贵州文人刘蕴良被革职回乡,登贵阳甲秀楼,触景生情,撰长联206字,上下联各半,后修改为174字。此联气势磅礴,持之有故,写尽黔地的山川形胜和不甘落后的精神。

虞美人·黔西百里杜鹃①

杜鹃百里金坡艳,
烂漫春山染。
缤纷万树岭丛中,
遥指嫣红素雪涌花峰。

悬桥云卷游人路,
览胜凌霄渡②。
野林七彩竞芳时,
谁信天姿秀色子规啼③?

（2012年4月14日）

[注释]

① 百里杜鹃位于贵州省毕节市大方县、黔西县交界处,为世界面积最大、种类最多、保存最完好的天然杜鹃林带。

②"览胜凌霄渡"指游人过景区悬索桥观赏山花美景。金坡景区,野生杜鹃漫山遍野,一树繁花色不同,最多达七种之多,堪称"世界级国宝精品"。

③"子规"即杜鹃鸟。相传,古蜀君主望帝杜宇,禅让退位后国亡身死,魂化杜鹃鸟悲啼滴血,染红了杜鹃花。"望帝啼鹃"在古代常用于抒发家国之痛,今之游客多为一睹美景而来。

水调歌头·黄果树瀑布①

雪涌银屏阔,
声吼陡坡塘②。
粼粼滩面湖上、凫鸟戏成双。
一路天生盆景,
水琢风雕丘壑,
晴野秀春光。
榕树虬根老,
抱石绿荫长。

黔之胜,
黄果瀑,
迭遐荒。
断崖珠玉飞泻、磅礴在穹苍。
缥缈犀潭虹雾,
潇洒洞前帘雨③,
倚杖入云乡。
锦绣山河壮,

万古历沧桑。

（2012年4月16日）

[注释]

① 黄果树瀑布在贵州镇宁布依族苗族自治县城西南的白水河上，是由河床断裂形成的大瀑布群，已列入吉尼斯世界纪录。黄果树瀑布宽81米，落差74米，是我国最大的瀑布。

② "声吼陡坡塘"指洪水期的陡坡塘瀑声如雷，其有"吼瀑"之称。

③ "犀潭"指犀牛潭，黄果树瀑布的落水潭；"洞前帘雨"指瀑后绝壁有隧洞，游客可进入洞中瀑后观瀑。

清平乐·福泉洒金谷[①]

三江峰簇,
栈道盘山麓。
岭树梨花春水绿,
雪瀑虹桥翠谷[②]。

岗峦溪壑幽奇,
徜徉胜地神怡。
已似闲云野鹤,
优游万里栖迟。

(2012年4月17日)

[注释]

① 贵州福泉市郊有一峡谷景点,由鱼梁江、诸梁江、沙河三道峡谷和三江汇合而成。诸梁江上有古洒金桥,故景点得名"洒金谷"。

② 洒金谷有峰峦、梨花、虹桥、苍崖,谷中有古桥、古驿道、古城垣、古摩崖石刻等遗迹。洒金谷融自然和人文历史景观为一体,以古、幽、奇、险闻名于世。

青玉案·荔波大小七孔[1]

荔波神谷溪山入,
过钟乳、穿行仄。
崖树藤萝花满隙。
天生桥落,
凯旋门立[2],
洞壑云烟逸。

玲珑七孔涵凝碧,
响瀑层层客心涤。
水上森林鱼鸟集。
鸳鸯湖里,
卧龙潭侧,
到处清泉溢[3]。

(2012年4月18日)

[注释]

① 贵州荔波大小七孔位于黔南布依族苗族自治州荔波县城南

群峰中，景区得名于大七孔和小七孔两座石板古桥，为国家5A级景区。

② 大七孔景区以峡谷为奇。天神峡谷内，矗立着一座巨型天生桥，有"东方凯旋门"之誉。

③ 小七孔景区以水为奇。古桥横跨响水河，桥下涵碧潭绿如翡翠。景区有瀑布六七十级，融山、水、林、瀑为一体。

天仙子·西江千户苗寨[①]

千户西江苗族裔,
吊脚层楼山水倚。
迎宾歌舞曼婆娑,
裙袂曳,
芦笙起,
银饰红装清韵里。

薄雾朝辉春岭蔚,
风雨廊桥乡涧憩。
重峦翠麓绕梯田,
村寨美,
风情异,
天下西江多绮丽!

(2012年4月20日)

[注释]

① 西江千户苗寨,位于贵州省黔东南苗族侗族自治州雷山县

东的雷公山麓,是世界最大、原始生态文化保持完整、有10余个自然村寨的苗族聚居区。据《林荫记》世系谱,西江苗族是蚩尤的直系后裔。

临江仙·桂林山水

莲瓣凌空开秀色，
画图神笔天成。
玉人指点俏精灵。
桂山奇中看，
漓水碧轻盈①。

身在壮乡情趣好，
久违鹅鸭牛鸣。
风光明丽溢清澄。
七星岩洞览，
独秀顶峰行②。

（2007年10月19日）

[注释]

① 漓水即漓江，在广西壮族自治区东北部。长80余千米。江水清澈，两岸奇峰重叠，风景秀丽。桂林山水之美离不开漓江。

② 七星岩洞被誉为"神仙洞府"；独秀峰在桂林原明靖江王城内，素有"南天一柱"之称。

忆秦娥·兴安灵渠①

关河冽，
兴安游憩秦宫阙。
秦宫阙，
溪桥水韵，
古今风月。

斗门截浪舟船越，
灵渠穿岭湘漓接。
湘漓接，
始皇方略，
海疆南粤②。

（2009年12月4日）

[注释]

① 灵渠在广西壮族自治区兴安境内，将湘江和漓江相连，古称"秦凿渠"，也称"湘桂运河"。是世界最古老的运河之一，为全国重点文物保护单位。

② 灵渠沟通长江和珠江两大水系，渠上"斗门"为世界上最早的通航设施。秦始皇授命史禄修筑灵渠，通航当年岭南就纳入了秦王朝的版图。

渔家傲·柳侯祠①

才俊逐臣前路阻,
寒江钓雪孤禅悟。
天趣诗文南岭赋,
施善举,
谪居犹为苍生虑②。

凿井垦田恩泽普,
罗池碑刻传清誉。
难得州官怜疾苦,
人敬慕,
多情山水留君住③。

(2009年12月6日)

[注释]

① 柳侯祠在广西壮族自治区柳州市柳侯公园内,是纪念柳宗元的祠庙,原名罗池庙,宋徽宗追封柳为文惠侯后称为柳侯祠。祠中"荔子碑"是苏东坡的书法,写的是韩愈祭祀柳宗元吟唱的

诗文，唐宋三位大家之作集此一碑，故其也称"三绝碑"。

② "才俊逐臣"指柳宗元。柳宗元，字子厚，河东解县（今山西运城西南）人，唐代监察御史里行，永贞革新失败，被贬永州司马，后迁柳州刺史。任内革除弊政、解放奴婢、兴办文教等等，为百姓做好事，还写了不少好诗文。

③ 柳州百姓没有忘记这位父母官，在他身后归葬长安后，在当地为他修建了衣冠墓，以供千秋凭吊。

西江月·广西真武阁[①]

悬柱名楼真武,
匠心杰构无俦[②]。
不拘一格逞风流,
四百年来绝后。

飞拱斗窗仙阁,
峤山绣水沙洲[③]。
老来作伴乐悠游,
岂羡羞花人秀?

(2009年12月17日)

[注释]

① 真武阁有"天南杰构"之称,与黄鹤楼、岳阳楼、滕王阁并称江南四大名楼,为全国重点文物保护单位。

② "杰构"令人称绝:二楼四根立柱构成十字天平悬离地板少许,一旦风暴地震危及楼宇,悬柱着地成杠杆支撑,楼倾之危遂解。

③ "峤山绣水"指都峤山和绣江。

潮州广济桥①

晴川浪阔急中流,

湘子浮梁梭子舟。

桥上亭台接榕岸,

河旁宫阙耸城头。

卧龙波漾明妆靓,

游客人依倩影留。

闽粤要津江海渡,

万商云集古潮州。

(2014年12月10日)

[注释]

① 广东潮州广济桥俗称湘子桥,始建于南宋乾道六年(1170),是我国四大古桥之一,为全国重点文物保护单位。湘子桥集梁桥、拱桥、浮桥于一体,浮桥可开启通航,专家茅以升称之为"世界上最早的启闭式桥梁"。

汕头礐石风景区

礐石风光隔海浮,
汕头名胜小瀛洲①。
岗岩簇立嶙峋叠,
洞府连环造化猷。
难得重峦出奇崛,
且登峻岭漫优游。
飘然亭上涛声起,
万里浪花天际悠。

（2014年12月11日）

[注释]

① 广东汕头礐石风景区，在汕头市南面海中，有海浪之激荡，无凡尘之喧嚣。山多奇石，诗中誉为海上仙山"小瀛洲"。

惠州西湖[①]

惠州西子自风流，

堪与钱塘试比优。

九曲亭桥留客憩，

千顷烟浪泛浮舟。

东坡贬谪流离远，

侍妾追随忠义酬。

万里一生无怨悔，

六如香冢世传悠[②]。

（2014年12月12日）

[注释]

① 惠州西湖在广东惠州惠城区。北宋绍圣元年（1094），苏轼携妾王朝云谪居惠州，将当时的丰湖称为"西湖"，"西湖"之称沿用至今。

② "香冢"指朝云墓，墓前有"六如亭"。朝云临终诵偈，偈中含"梦、幻、泡、影、露、电"六字，意为人生稍纵即逝，劝慰苏轼看淡人生。

深 圳 游

改革初期试验田,
特区开放海南边。
新楼林立移民集,
经济腾飞策马先。
人类文明遍寰宇,
鹏城荟萃大观园①。
五洲胜迹名雕在,
世界之窗一览全。

(2014年12月13日)

[注释]

①"鹏城"指深圳。"大观园"指深圳特区的"世界之窗",其中有仿造的国外几千年的人类文明精华:埃及金字塔、阿蒙神庙、柬埔寨吴哥窟、法国巴黎凯旋门、印度泰姬陵、澳大利亚悉尼歌剧院、意大利比萨斜塔、美国总统山等,正所谓"鹏城荟萃大观园"。

到 广 州

百粤周朝一楚庭,
汉唐商贸已蜚声。
珠玑珍宝舶来市,
茶叶丝绸海外行。
辛亥武装驱清帝,
羊城起义夺先声。
共和革命风云疾,
封建皇朝腐朽倾。

(2014年12月22日)

望海潮·海南游

仲冬琼岛，
黎乡苍郁①，
雨林异彩多姿。
藤树似虬，
笋花似火②，
悬桥绿满藩篱。
幽谷过鸣溪。
喜蛮荒锦绣，
白发归迟。
客舍休闲，
此行一路趁芳时。

人生未必期颐，
便远游身累，
乐得心怡。
东海福如，
南山寿比，
长生不老无稽。

知足即相宜。

看椰帆映影，

波阔云飞。

浪漫平沙，

风光壮丽在天涯。

（2009年12月18日）

[注释]

① 海南省简称"琼"，"琼岛"即黎族之乡海南岛。

② "笋花似火"指表皮呈鲜红鳞状的一种"笋状"鞭形的热带植物，颇为特殊，以前从未见过，不知叫什么名字。

秦始皇兵马俑博物馆①

始皇兵马鼓鼙声，
威武雄师意纵横。
十载戎征平六国，
一朝专制驭诸卿。
坑焚无道千秋恨，
郡县初成四统行。
总是祖龙开帝业②，
予今南海北长城。

（2009年7月25日）

[注释]

① 秦始皇兵马俑博物馆是遗址博物馆，建立在原兵马俑坑上，该遗址1987年被列入《世界遗产名录》。

② "祖龙"指秦始皇。秦帝国疆域辽阔，北抵长城，南至南海。

华 清 池[①]

明皇骊苑故离宫,
赐浴华清恩宠隆。
倚重权奸祸殃在,
沉迷声色梦魂空。
霓裳舞破烽烟起,
花貌香消泥土中[②]。
长恨悲歌歌一曲,
大唐盛世早朦胧[③]。

（2009年7月25日）

[注释]

① 华清池是有名的温泉，在陕西西安临潼区南骊山西北麓。唐贞观年间建汤泉宫，后改名温泉宫，天宝年间扩建后改名华清宫，温泉名华清池。唐明皇常携杨贵妃到此沐浴、过冬。

②"烽烟"指安史之乱，"花貌"指杨贵妃。

③《长恨歌》鸣世时，安史之乱已过去几十年，安史之乱敲响了唐王朝的丧钟。

乾　陵①

梁山王气入云天，
精绝群雕翁仲前。
长谒诸藩朝圣地②，
独存二帝合陵泉。
西碑述记东碑白③，
宫阙乾坤恩怨牵。
毕竟大唐人去后，
横空出世越千年。

（2009年7月26日）

[注释]

① 乾陵位于陕西咸阳乾县梁山，为唐高宗李治与武则天的合葬墓，是世界上唯一有两位正统皇帝合葬的夫妻皇陵。

② "翁仲"指神道两侧的文武官员和瑞兽等石雕像，"诸藩"指陵区的61尊外国使臣和藩王石雕像。

③ 西碑有铭文，东碑为无字碑。

法门寺①

秦川花路雨清鸣,
不绝法门游客行。
舍利真身奉金塔,
大唐国宝聚倾城。
丛林宏丽梵音绕,
菩萨辉煌香火盈。
千载还珠见灵迹,
佛家圣地漫蜚声。

(2009年7月26日)

[**注释**]

① 法门寺位于陕西省宝鸡市扶风县法门镇,寺塔藏有释迦佛指骨舍利。1987年重修法门寺塔,出土2 000多件大唐国宝和1枚释迦牟尼佛指骨舍利。

小重山·陕北靖边波浪谷

陕北靖边黄土间,
红砂岩水浸、万千年。
波浪谷里遍奇观,
层层叠,
处处赤霞丹①。

闻道朔方前,
羌匈干戈起、入侵繁。
长城镇北举烽烟。
雄师扼,
塞上锁榆关②。

(2016年8月8日)

[注释]

① 陕北靖边波浪谷位于陕西省榆林市靖边县东南龙洲镇,系黄土高原上蔚为壮观的红砂岩丹霞地貌。
② 镇北台位于陕西省榆林市榆阳区北,高30多米,据险临下,控南北之咽喉,扼边关之要隘,是万里长城三大奇观之一。

满江红·到延安有感①

宝塔山前,
真豪杰、百年鼎革。
临国难、神州大地,
救亡危急。
倭寇侵华强虏入,
中华御敌全民击。
是延安、大捷平型关,
英明帅!

枣园在,窑洞立;
凤凰麓,边区赤。
想当年志士,
八方来集。
不做贱民亡国奴,
力担抗日先锋责。
看今朝、红日出东方,

新中国!

（2016年8月9日）

[**注释**]

① 延安有"革命圣地"之称，宝塔山是其重要标志。1937年至1947年，延安为中共中央所在地。纪念地有凤凰山麓、杨家岭、枣园、王家坪、南泥湾等。

千秋岁·谒黄帝陵[①]

人文初祖,
华夏文明父,
播稷黍,
衣冠著。
内经黄帝署,
行止舟桥渡,
音律制,
悠悠乐起欢颜舞。

原始蛮荒度,
部落轩辕御,
天下共,
联盟主。
桥陵黄帝冢,
历代千秋护,
华裔谒,

中华祭典清明举。

（2016年8月10日）

[**注释**]

① 相传黄帝是华夏部落联盟首领、中原各族的共同祖先。黄帝陵在陕西省延安市黄陵县桥山，古称"桥陵"。为全国重点文物保护单位。

青玉案·西岳华山[1]

华山西岳承天赐,
部落会、联盟至。
自古险奇雄冠世。
面朝秦岭,
俯临黄渭,
历代皇朝祭。

东西南北峰林峙,
索道乘行漫游憩。
远上崇山云雾里。
危崖如削,
平原如绘,
胜景关中丽[2]。

（2016年8月12日）

[注释]

① 西岳华山位于陕西省东部,为中华十大名山之一。华山地

势险要,系关中要扼。

②原始社会,部落会盟于神圣之地,华山即其一。历代王朝不乏祭祀西岳之举。耄耋之年登上华山之巅,在危崖云雾里,遥望关中大地,快意之感顿生。

解州关帝祖庙[①]

河东人杰织星空，
赫有解州关帝雄。
盟誓桃园扶汉室，
名随正气贯长虹。
春秋大义朝廷重，
赤县神州景仰同。
封建纲常今已弃，
文明古迹庙堂崇。

（2011年5月13日）

[注释]

① 解州关帝祖庙在山西省运城市解州镇西关。庙中春秋楼塑有关羽牵须读《春秋》的侧身像。关羽极重义气，宋代以后，事迹被神化，尊为"关公""关帝"。

水龙吟·观壶口瀑布有感①

云山峡里狂澜,
奔腾壶口雷霆瀑。
断崖跌水,
霓虹雾漫,
洞天奇酷。
游客争望,
湍流直下,
龙槽深谷。
更金波漩去,
春潮涌动,
桃花汛,
怡心目。

九曲黄河气壮,
意峥嵘、炎黄逐鹿。
故城源远,
夏商周志,
春秋战国。

秦汉龙兴,
唐承宋替,
元明清续。
五千年、亘古文明一统,
数中华独!

(2011年5月14日)

[注释]

① 壶口瀑布在山西省吉县与陕西省宜川县间黄河之中。此地两岸束狭如壶口,宽阔的黄河奔流倾注在狭窄的深槽中,形成瀑布,声震数里,故名"壶口瀑布"。

清平乐·恒山天峰岭

天峰春晚,
倚杖登云健。
五月夭桃花烂漫,
峭壁崖松霄汉①。

古来帝祀神山,
今朝览胜休闲。
不意庙堂仙府②,
迭经塞上烽烟。

（2011年5月20日）

[注释]

① "霄汉"喻生长在山顶、崖壁姿态百出的恒山松。
② 传说八仙之一的张果老曾在恒山修行,故有"仙府"一说。

清平乐·恒山悬空寺

金龙峡壁，
栈道危峰侧。
绝地飞梁琼阁立，
巨燕摩崖轻逸。

翠屏云里游踪，
参差迤逦神宫。
三教玄空同祀[①]，
心祈边塞和融。

（2011年5月20日）

[注释]

① 悬空寺位于山西省大同市浑源县，矗立于恒山唐峪口西峭壁上。最高处的三教殿供奉释迦牟尼、老子和孔子，是罕见的佛、道、儒"三教合一"的独特寺庙。

云冈石窟①

斩崖造像武周山,
鬼斧神工辟梵天。
昙窟雄雕无量佛②,
洞龛细琢法门缘。
翩然乐舞嫣然貌,
西域风情北魏镌。
千载世遗多劫难,
胜游谁复忆当年?

(2011年5月22日)

[注释]

① 云冈石窟位于山西大同武周山,造像51 000余尊,东西绵延1千米,是中国最大的石窟群之一,始凿于北魏(460)。为全国重点文物保护单位,并被列入《世界遗产名录》。

② 早期开凿的"昙曜五窟",规模宏大,气势雄伟。

太常引·北武当山[①]

武当北顶晋云飞,
登览上天梯。
造化肖岩稀,
龟蛇动、危崖斗奇。

峰高松古,
林深花漫,
清气意中驰。
老去自然归,
趁身健、优游共怡。

(2011年5月24日)

[注释]

① 北武当山又名"真武山",位于山西方山县境内,号称"三晋第一名山"。第二句中的"天梯"指登顶的1 450余级石阶。

太原晋祠[①]

晋水源头览晋祠，
江南风韵北珍奇。
西山悬瓮泉难老，
周柏穿云绿满枝。
侍女神情传宋塑，
太宗翰墨树唐碑。
鱼沼献圣飞梁结[②]，
综艺园林古独遗。

（2011年5月25日）

[注释]

① 晋祠地处山西省太原市西南悬瓮山下晋水发源地，是纪念晋国开国君主唐叔虞的祠宇，故名晋祠。

② 难老泉、周柏、宋代彩塑为晋祠三绝。"鱼沼飞梁"为方池上十字形双向桥。梁思成指出，此式石柱桥，实物仅此孤例，洵为可贵。

京 郊①

京郊春色风光好，
日暖泥融耕马骄。
陌上轻歌行雾里，
村边细绿碧枝条。
莫愁野草沿沟起，
且喜新禾遍地摇。
但愿人间温饱足，
东风着意育青苗。

（1965年3月　北京）

[注释]

① 在山东汤头下连当兵锻炼期间，部队奉命西行，执行特别任务。我们只能回原单位，重新安排到北京郊区某部继续当兵锻炼。京郊是旱地，开春农事，农民耕马犁地，荷锄除草。

水调歌头·登八达岭长城①

岂顾崎岖道，
特地访长城。
相逢白发翁健、携杖指叮咛。
满路风生险隘，
转眼盆倾急雨，
雨过不留行。
莫负好风景，
难得一身轻。

登城阙，
抚今昔，
激多情。
残垣曾是、干戈万里角悲鸣。
为我中华民族，
写尽人间千古，
举世遭人惊。
极目倚天处，

百折不回程。

(1969年6月　上海)

[**注释**]

① 按"哪里来回哪里去"的复员原则，我回到北京，先去中国科学院数学研究所，后因所里无人办公，只好将复员介绍信送原北京军区有关部门。趁等候之际特地去登八达岭长城，收到回音同意我回沪，令人喜出望外，回沪后填此词。

北 京 故 宫①

明清两代京师地,
紫禁城垣中轴同。
永乐迁都定天下,
琼楼玉宇入苍穹。
外朝圣殿君临治,
后寝内廷钦自躬。
四海名宫诚壮美,
故宫冠世独称雄。

（2015年9月15日）

[注释]

① 北京故宫是明清两朝皇宫,旧称"紫禁城",是我国现存规模最大最完整的古建筑群。可谓中国古代文化艺术博物馆,很多文物都是绝无仅有的无价之宝。

天津盘山①

雄伟京东第一山,
园林佛寺景观全。
文人墨客竞来聚,
国戚皇亲参悟禅。
魏武挥鞭行蓟北,
乾隆巡幸誉江南②。
三盘胜景松泉石,
白发偕游享晚年。

(2015年9月8日)

[注释]

① 盘山在天津市蓟州区西北12千米,为燕山余脉,雄踞北京之东。自然山水与名胜古迹俱佳,皇家园林与佛门寺院并著,历史上有"京东第一山"之誉。

② 乾隆初游盘山就感叹:"早知有盘山,何必下江南!"景区门前特地标示:"乾隆皇帝32次游历过的地方"。

承德避暑山庄①

四大园林数此雄②,
江南塞北景观融。
烟波致爽风泉里,
芳渚临流湖水中③。
承德离宫村野趣,
蒙疆藏寺喇嘛崇。
康乾盛世迎朝觐,
民族亲和国运隆。

(2015年9月10日)

[注释]

① 承德避暑山庄在河北省承德市北部,为清代皇帝夏日避暑和处理政务的地方,是现存最大的皇家宫苑。其最大特色是"山中有园,园中有山"。

② 四大园林指承德避暑山庄、北京颐和园、苏州拙政园和留园,以承德避暑山庄最为壮观。

③ "烟波致爽""芳渚临流"是康熙帝命名的两处景点。

河北西柏坡①

此游圣地太行旁,
革命精神不朽彰。
开国功成戒骄躁,
长征万里路犹长②。
运筹帷幄雄师捷,
风卷残云败寇亡。
红日初升喷薄出,
文明古国屹东方③。

(2015年9月19日)

[注释]

① 西柏坡位于河北平山县西部柏坡岭下,1948年5月至1949年3月为中共中央所在地,有中共中央政治局旧址、解放军总部和中共七届二中全会会场等建筑。

② 中共七届二中全会上提出"两个务必",号召全党同志在胜利面前务必继续地保持谦虚、谨慎、不骄、不躁的作风,

务必继续地保持艰苦奋斗的作风。

③ 党中央和毛主席在西柏坡部署和指挥了辽沈、淮海、平津三大战役,获得全面胜利,为解放全中国奠定了基础。

河北苍岩山①

千山万壑太行山,
峭壁苍岩出自然。
桥殿凌空拱崖顶,
灵檀蔽日入云烟。
南阳公主修禅寂,
暮鼓晨钟佛法缘②。
古柏山林共朝向,
敕封慈佑敬先贤③。

（2015年9月20日）

[注释]

① 苍岩山位于河北石家庄井陉县南部,为我国历史文化名山。

② 相传隋炀帝长女南阳公主到苍岩山出家为尼,修禅62个春秋圆寂,百姓自发建立"南阳公主祠"来纪念她。

③ 苍岩山漫山遍野的古柏共同朝向公主祠,形成"古柏朝圣"的绝景,清光绪帝敕封南阳公主为慈佑菩萨。

石家庄赵州桥[①]

李春杰作始隋朝,
冠世赵州安济桥。
地震山洪袭无恙,
风侵雨蚀过犹消。
匠师绝构开功业,
睿智神工有妙招。
弧拱敞肩单孔跨,
长虹千载历新潮[②]。

（2015年9月20日）

[注释]

① 赵州桥在河北赵县城南洨河上,又称"安济桥",为隋朝匠师李春设计建造。在世界桥梁史上,其设计与工艺之新为石拱桥的典范,其跨度之大在当时亦属创举。

② 赵州桥单跨长达37米多,"敞肩"为桥拱两肩上留出的空洞,节约了石材,洪水大时可增加过水量,且增美观,为造桥史上的创举。

暇 时

碧玉沏清茶，
书生独自奢。
军门营宅里，
心绪在天涯。

（1966年8月 沈阳）

东 陵①

东陵做客又何能，
羁泊天涯泣美名。
碌碌年华人易老，
悠悠岁月梦难成。
诚知额上无尖角，
休怪身旁有舌莺。
多事文章应莫做，
私心一去是平生。

（1966年11月17日）

[注释]

① 此"东陵"指辽宁省沈阳市的东陵。

有 感[1]

当年入世暴时临，
贫病严慈茹苦深。
烦闷生涯忍漂泊，
忧愁风雨泣浮沉。
关山羁旅尘埃隔，
岁月驰驱藜杖寻。
塞北江南思不尽，
可怜白发念儿心。

（1966年12月9日）

[注释]

[1] 首句"暴时"指1937年7月卢沟桥事变后，日本侵略者大举南下。其时，我出生不久，父母吃尽千辛万苦，在家国危难时期抚养我；日本投降后，国民党统治腐败，乱世谋生艰难。新中国成立，我有幸读完高中上大学。作此诗时我工作远在关外，老父母念儿心切，我无事思归情重。

少年游·清歌[1]

清歌一曲万人从，
共唱东方红。
场上红巾，
场前白发，
肺腑此时同。

金书字字心中记，
点滴见行踪。
播雨千村，
耕云万户，
来日更东风[2]。

（1966年12月　沈阳）

[注释]

[1]"清歌"指青少年参加的"拉练"活动。

[2]"播雨千村，耕云万户"指拉练队伍经过乡村，为农民群众表演节目，宣传毛泽东思想。

腊 梅[①]

北国天寒彻，
孤馨独自珍。
临风一枝俏，
傲雪见精神。

（1967年1月　沈阳）

[注释]

① 在塞外沈阳，冬天似乎未见有蜡梅的身影。无意中写了这么一首小诗，也许是北方天寒地冻，触发了思乡情结。

一 觉①

一觉东山五度春，
梦回愁绪也劳神。
愿将热血洒疆海，
忍有衷肠滞沈滨。
自别都城难做事，
从来岁月不由人。
何如早向寻常处，
莫使浮名绊此身。

（1967年10月11日）

[注释]

① 1962年调入部队，一晃5年，尽管在军校完成部队结业，但专业荒疏，可干的事不多。我一时难以适应，总觉得不如早点归去干点实事。

除夕大雪

莽原天地正苍茫,
北国山川尽素装。
万里琼花弥六合,
九重朔气沁八方。
江城寒日飞鸿急,
海市冬云断雁行[①]。
旧岁飘摇犹未了,
新年浪荡又何乡?

(1967年12月31日)

[注释]

① "江城"指沈阳市,"海市"指上海市。

望海潮·渡海大连①

一江烟水，
一天风色，
江天连海沉浮。
无际海涯，
无穷碧浪，
无思无虑无求。
万古长悠悠。
任鱼龙变化，
不碍清游。
突起风云，
也无非片刻横流。

胸中自有瀛洲。
笑人间俗客，
算尽机谋。
功禄利名，
黄粱梦好，
炎凉世态堪忧。

抛却庸人愁。
望平涛卷絮，
天底勾留。
行处茫茫海上，
渺渺见轻鸥②。

（1968年2月　沈阳）

[注释]

① 探亲假临近结束，决定乘船渡海到大连，再转火车回沈阳，是想趁便领略一下大海的风光。

② 即使经历过文化大革命中的世态炎凉，只要问心无愧，又何必庸人自扰。茫茫海上，气象万千，常见渺渺轻鸥，自由飞翔，可惜的是，可羡而不可学。

虎石沟万人坑[①]

虎石沟前心似焚,
满腔悲愤怒泉喷。
层层白骨重重恨。
处处青山累累坟。
忆昔伤怀呕血泪,
抚今励志为人民。
一朝四海承平日,
把酒东风慰怨魂。

(1968年9月　沈阳)

[注释]

① 虎石沟万人坑系辽宁省营口市文物保护单位。在5 000平方米范围内,堆积了17 000多具中国死难劳工的尸骨,累累白骨深达5米多。当年日本帝国主义的侵华罪行,令人发指。

踏莎行·送人行[①]

路漫红旗,
云飞金鼓,
鼓鸣声里送君去。
闻君欲去练丹心,
不知他日归何处?

深院高楼,
离群久住,
华年只怕成虚度。
而今回首怯流年,
此情此景思无绪。

(1968年10月 沈阳)

[注释]

① 部队研究所敲锣打鼓,欢送一些新来不久的大学生下去锻炼。业务工作一停,我无事可干,颇有年华虚度之感。

菩萨蛮·梦回故乡①

少年意气今何在?
梦回枕上关山外。
起卧伴清灯,
窗前明月行。

月明天籁寂,
夜久空相立。
不觉晓霜凉,
黯然思故乡。

(1968年10月　沈阳)

[注释]

① 业务工作一停,晚饭后不再去办公室看书,早早就回宿舍。晚上睡不着,夜深人静之际,面对窗前明月,不禁思乡情切。

忆旧游·雪意①

望弥天复地，
洗尽尘埃，
雪映苍松。
唤起当年事，
正青衣年少，
意气从容。
几回访梅幽独，
游遍紫金峰。
是玄武湖边，
梅花岭上，
犹记行踪。

匆匆。
十年过，
笑一介书生，
如此心胸。
不恨韶华老，
恨流年虚度，

回首春空。
最可叹东陵客,
无事向东风。
漫暗自思量,
思量却是归意浓。

（1968年11月　沈阳）

[注释]

① 诗中"紫金峰"指南京紫金山,与玄武湖、梅花岭同为南京名胜。北国初冬,大雪纷飞,令人忽有所感,想起在南大读书时,无课之日,常常到南京名胜地去看书学习。工作多年,谁知书生未老,却无事可干,返乡情思日浓。

偶 感[①]

林中老树昔曾看，
数度春秋总一般。
岂是东风吹不到，
已无朝气改应难。
更新当令枯枝去，
弃旧方能玉叶繁。
草木芳菲终有日，
花开时节彩云团。

（1969年1月 沈阳）

[注释]

① 以林树为喻作此七律。一棵树尚且有花开花落，弃旧更新，人生的是是非非，一时难以定论，假以时日，也许又是一番光景。

问 君[①]

问君岁岁为何忙?
此处年年好借光。
大礼堂中兴报告,
办公室里叙家常。
日头未落贵人去,
内事无忧福体康。
世外桃源何用觅,
神仙活计即天堂。

(1969年2月 沈阳)

[注释]

① 以首两字为题,古诗多写难言之隐。本诗是写实,日常工作如此,主要是自嘲"身在福中不知福"。

卜算子·惜春①

日日盼春归,
更有留春意。
临近春来又怕春,
只怕春空去。

岁岁为春忧,
客梦还春忆。
忆尽江南总是春,
关外春何处?

(1969年3月　沈阳)

[注释]

① 本诗句句有"春"字,无事可干,可惜了大好年华。

木兰花慢·归思

数回风绪乱,
向壁立,
忆当年。
有壮气冲云,
豪情溢海,
岂信人言?
华年怎知事业,
尽清闲无奈不相干。
落落身遗塞外[①],
悠悠梦绕江南。

青山万里接云天,
客路几时还?
读一纸家书,
乡思字字,
更胜前番。
如今契机忽见,
问东风可肯送轻帆?

明日天随夙愿,

还乡上海滩前②。

(1969年3月　沈阳)

[注释]

① "塞外"常指万里长城之外,沈阳也在塞外。

② 当时已有征兆,军内院所可能有复员转业之举,有机会我真希望回上海。

踏莎行·离沈返沪

一别东陵,
天教归去,
临行惜别轻言语。
山南岁月意难忘,
川中莫逆情如许①。

渺渺生涯,
茫茫意绪,
飘飘又是风吹雨。
离魂暗暗托东风,
此心念念归黄浦②。

(1969年5月　沈阳)

[注释]

①"川中莫逆"指中国科学院数学研究所和我一起奉调参军的凌兄,他与我同在沈阳东陵一个科学院,不在一个研究所,特来给我送行。

②1969年5月,研究所传达复员政策是"从哪里来回哪里去"。复员回沪是我所愿,当时能不能回上海还真不知道!

大连滨海国家地质公园①

红格绿边龟裂磐，
中华冠世有奇观。
巨龟出水爬行上，
猛虎回头捕食看。
展翅鲲鹏覆天地，
恐龙吞海骇波澜②。
风雕雨琢浪涛蚀，
亿万年成金石滩。

（2013年8月5日）

[注释]

① 大连滨海国家地质公园号称"奇石园林"，金石滩的礁石有粉红、金黄等颜色，巴掌大的红格绿边的礁石叫作"龟裂石"。一位国外名教授见后断言：世界龟裂石极品在中国大连金石滩。

② "巨龟出水""猛虎回头""展翅鲲鹏"和"恐龙吞海"等均系龟裂石造型，形态逼真。金石滩有"神力雕塑公园"之誉。

游 千 山

关东积翠满千山[①],
白发游来笑自顽。
仰望云林风习习,
俯看溪谷水潺潺。
蟠龙松树虬枝起[②],
俏石莲花峰岭环。
造化神奇弥勒佛,
恢弘高古坐尘寰[③]。

（2013年8月17日）

[注释]

① 千山位于辽宁省鞍山市东南，原名千华山，有峰峦999座，以其近千，故名千山，又称"千朵莲花山"。

② 香岩寺中有一棵古松，干枝盘旋，名"蟠龙松"，有1 000多年历史，为国家一级保护古树。

③ 千山有一座奇山，高70米，宽46米，酷似弥勒大佛。专家考证，"大佛"形成于400万年前，堪称"天成弥勒大佛"。

雨中游长白山

长白山巅火山口,
瑶池圣水入云收[①]。
阵风急雨不期遇,
飞瀑洪流别样遒。
谷底寒林多胜景,
美人松海独尊尤[②]。
珍稀物种时时现,
炎夏如秋一畅游。

(2013年8月8日)

[注释]

① 长白山主峰白头山多白色浮石、积雪而得名,山顶天池海拔2 194米,最深达373米,为世界最深的高山湖泊,故名天池,诗谓"瑶池"。到长白山景区,时逢大雨,不能上山游天池。

② 雨渐小,我们转而去长白山谷底游览。谷底尽是绿意盎然的松海,人称"美人松",学名"长白松",是长白山地区独特而俊美的自然景观。游谷底,见到不少珍稀动植物,可谓不虚此行。

水调歌头·吊水楼瀑布[①]

东北汛期至，
吊水瀑轰鸣。
火山堰塞湖口、天际碧流倾。
涤足登高四望，
峭壁连冈三面，
渊海雾云蒸。
一泻奔腾去，
滚滚浪涛声。

俊游处，
森树下，
日中行。
盛夏清气凉爽、骤雨复新晴。
恰似神仙眷顾，
护佑长湖镜泊[②]，
百里翠光盈。
玄武熔岩景，

举世列头名。

（2013年8月9日）

[注释]

① 吊水楼瀑布又名"镜泊湖瀑布"，位于黑龙江省宁安市、牡丹江上游，为世界最大的玄武岩大瀑布。

② 镜泊湖湖面海拔350米，最深处达48米，嵌入群山之中。因湖面具有牡丹江河道的长形特点，诗谓"长湖镜泊，百里翠光盈"。镜泊湖以壮观的瀑布为出水口，可谓罕见奇观。

五 大 连 池[①]

白河堰塞串珠莹，
五大连池云水盛。
如意莲花白龙冠，
燕山环岛鹤鸣声[②]。
熔岩胜境寰球罕，
地质公园举世名。
喷气碟锥天赐宝，
矿泉誉满药泉盈[③]。

（2013年8月12日）

[注释]

① 五大连池景区有14座火山锥和大面积的石龙熔岩，在黑龙江省五大连池市境内。清康熙五十八年至六十年（1719—1721），火山喷发，熔岩阻塞白河河道，形成5个串珠状的堰塞湖，得名"五大连池"。

② 五大连池的池名为：头池莲花、二池燕山、三池白龙、四池鹤鸣、五池如意。熔岩似汹涌的石海遍布各处。

③ 五大连池景区是全球首批"世界地质公园"之一，这里拥有数量可观的"喷气锥"和"喷气碟"，是全球罕见的地质珍品。这里被誉为我国矿泉水之乡，7条矿泉带兼有药用价值。

扎 龙 鹤 乡[①]

湿地丛中鸥鹭集,

芦苇荡里鱼虾盈。

水禽秋后南飞急,

候鸟春来北返行。

高贵风流数丹顶,

吉祥长寿又忠贞。

扎龙绝胜云霄秀,

百鹤争鸣舞羽轻[②]。

（2013年8月13日）

[注释]

① 扎龙在黑龙江省齐齐哈尔市,为嫩江支流乌裕尔河下游的大片沼泽地,已列入《世界重要湿地名录》。全世界15种鹤,扎龙占6种,丹顶鹤数量占世界总数的四分之一。扎龙是名副其实的"鹤乡",也是水禽的天然乐园。

② 丹顶鹤有"仙鹤"之称,曾是一品官员朝服的绣图,故有"一品鸟"之称,可知其高贵。扎龙放飞鹤群时,"百鹤竞舞"的场景一出现,游客无不为之欢呼。

内蒙古

呼伦贝尔大草原[1]

呼伦贝尔夏如秋,
鸟语花香千里幽。
绿野牛羊闲放牧,
草原风景胜清悠。
敖包相会倾情处[2],
芳甸行来乘兴游。
各族人民交往久,
中华文化众元优。

(2013年8月15日)

[注释]

[1] 呼伦贝尔大草原是我国保存完好的大草原,得名于呼伦湖和贝尔湖,是北方游牧民族的发祥地之一。

[2] "敖包"是内蒙古地区常有的土石堆,《敖包相会》是少数民族的一首情歌。

军演喜遇春雨①

迅雷滚滚群山动,
疾雨潇潇万壑鸣。
亘古天公深睡去,
惊回大地是花城。

(1964年4月 武昌)

[注释]

① 1964年春天,武昌军校在学员结业前组织一次军事演习,对学员进行一次全面考核,演习从武昌到河南确山地区。这条军演考核路线,山、水、河、谷俱全,学员基本是来自军队的连排干部,以模拟实战情况为准选定项目。演习途中,恰逢春雨潇潇,雷声隆隆,虽累犹喜,遂有此作。

龙门石窟①

佛龛石窟伊河畔,
四百余年始作成。
北魏迁都洛阳后,
龙门造像历朝行。
奉先精湛摩崖凿②,
唐盛圆融富态呈。
书法奇珍碑刻在,
药方洞里古方盈③。

(2018年4月18日)

[注释]

① 龙门石窟在河南省洛阳市南的伊河两岸。石窟造像开凿于北魏太和十八年(494)迁都洛阳前后。2000年,联合国教科文组织评之为"中国石刻艺术的最高峰",列入《世界遗产名录》。

② "奉先"指奉先寺,是龙门石窟规模最大的露天大龛。主佛卢舍那高17.14米,面容丰腴,修眉长目,流露出智慧的光芒。

③ "书法奇珍"指洞窟内的题记、碑刻、书法等,如《龙门二十品》《伊阙佛龛之碑》。"药方洞"洞口刻有140余种药方。

洛阳白马寺①

白马驮经到洛阳,
帝皇首敕译书场。
西天求法祖庭在,
东汉山门圣境藏。
古刹神州独尊冠,
蜚声寰宇五洲扬。
碑廊塔院珍遗字,
佛国华堂瑰丽彰②。

（2018年4月18日）

[注释]

① 白马寺在河南省洛阳市，相传建于东汉永平十一年（68），传大臣蔡愔、秦景两人去西域求取佛经，用白马驮经回洛阳，次年建"白马寺"。是我国现存最古老的佛教寺院之一。

② "塔院"指齐云塔院。"白马寺"三字的青石题刻为东汉遗物。国际佛殿苑内的佛殿、佛塔等建筑，富丽堂皇，特色鲜明，是印度、缅甸、泰国等赠建的。

洛阳神州牡丹园①

天下花王动帝京,
雍容华贵美名倾。
谁教瑰丽芳颜俏,
造化丰盈惊艳生。
国色天香绽枝放,
太平盛世满园英。
牡丹富甲知何处?
自古神州冠洛城②。

(2018年4月18日)

[注释]

① 洛阳神州牡丹园在白马寺对面,占地600余亩,集国内外名优牡丹品种1 000多个,40多万株,牡丹花九大色系、十种花形,应有尽有。

② 洛阳享有"千年帝都,牡丹花城"之美誉,"洛阳牡丹甲天下",流传至今。

云 台 山[①]

悬崖峭壁赤霞披,
怪石危岩路亦崎。
峡谷泉潭行处有,
风光壮美入心怡。
神州飞瀑落差最,
玉柱云台鸣壑驰[②]。
登顶茱萸吟绝唱,
诗人游子未归时[③]。

(2018年4月18日)

[注释]

① 云台山位于河南省焦作市修武县境内,为首批世界级地质公园之一。

② "云台天瀑"落差达314米,是我国发现的落差最大的瀑布之一。

③ "茱萸"指云台山主峰茱萸峰,海拔约1 297米。唐诗绝唱"遥知兄弟登高处,遍插茱萸少一人"为王维有感而发。

绝壁长廊郭亮村

穷乡僻壤秀峰隅，
郭亮人居古朴殊①。
百锉千锤群众力，
陡崖峭壁洞天逾。
万仙石径崎岖险，
绝壁长廊往昔无②。
影视山村谢公赏，
太行深处一明珠③。

（2018年4月22日）

[注释]

① 郭亮村位于河南省新乡市辉县西北，太行山深处山崖上，与外界交通十分不便。村民的住屋多为青石垒墙，原始古朴。

② 1972年，村民在危崖绝壁上凿成"郭亮洞"，全长超过1 200米，历时5年通车。郭亮村以"绝壁长廊"挂壁公路名世。

③ "谢公"指谢晋，其在此拍过电影，赞誉郭亮村为"太行明珠"。郭亮村先后作为40多部电影的拍摄地，堪称"中国第一影视村"。

安阳殿墟[①]

故都悠久数安阳，
甲骨卜辞珍宝藏。
文化遗存田野里，
中华信史夏至商。
辉煌宫殿小屯聚，
祭祀王陵宗庙旁[②]。
汉字传承数千载，
文明古国独流芳[③]。

（2018年4月24日）

[注释]

① 殷墟在河南安阳小屯村及其周围。公元前1300年，盘庚迁都于殷，周灭商后荒芜成废墟，故称殷墟。

② 从1928年开始考古发掘至今，在安阳小屯村出土宫殿、作坊、陵墓等遗迹以及大量的遗物。安阳殷墟是中国历史上可以肯定确切位置的最早的都城遗址。殷墟考古意义重大，位列20世纪我国"100项重大考古发现"之首。

③ 殷墟出土最重要的文物是刻有文字的巨量甲骨。据此，我国有文字记载的信史可以追溯到夏商时期。汉字用于记载并长期传承，是中华文明得以绵延5 000年不断的重要原因。

太昊伏羲陵①

天下皇朝第一陵,
淮阳太昊故都茔。
阴阳八卦伏羲创,
祭祀祖灵华夏倾。
造字吹埙琴瑟奏,
庖厨渔猎畜禽鸣。
婚姻嫁娶近亲革,
香火中华千古情。

（2018年4月25日）

[注释]

① 太昊陵在河南省周口市淮阳区。淮阳相传为伏羲所建都邑,太昊陵碑镌有"太昊伏羲之墓"字样,有"天下第一陵"之称。伏羲的主要功绩相传为创立阴阳八卦、倡导男聘女嫁等,3 000多年来,祭陵香火绵延不断。

嵖岈山[①]

嵖岈山石壮奇观，
地质公园水映天。
华夏图腾天意琢，
中原盆景自然捐。
吴公卓著西游记，
玄奘取经神话玄。
历代兵家必争地，
辉煌战史古今传[②]。

（2018年4月26日）

[注释]

① 嵖岈山位于河南省驻马店市遂平县境内，属伏牛山东缘余脉。山势嵯峨，怪石林立，有"中原盆景"之誉。相传吴承恩到此，见了这些奇石，灵感触发，创作了《西游记》。

② 嵖岈山历史上是中原兵家必争之地。春秋、东汉、隋末、唐朝、明末等，都曾在嵖岈山有争战。近代，刘少奇、李先念等无产阶级革命家也曾在此战斗过。

浪淘沙·离京[1]

都驿别黄昏，
暮霭纷纷。
初研不惯夜常深，
衣带渐宽人向静，
却换征尘。

千里逝秋春，
多少心分。
而今境遇已然新。
学子情怀家国事，
衔命从军。

（1962年冬　武昌）

[注释]

① 1961年夏，南京大学数学专业毕业，分配到北京中国科学院数学研究所工作。1962年调入部队研究所，经短期军训后奉命去武昌一军校学习。离京去武昌，开始了一段新的人生历程。

浪淘沙·游东湖有感[1]

回首又芳春,
处处招人。
举头新柳鬓如云。
过眼青丝摇幻影,
风自轻吟。

二十载音尘,
难再光阴。
孤心愧向东风殷。
疏影凝香寒欲尽,
柳暗花深。

(1963年春)

[注释]

[1] 武昌军校靠近长江大桥,学员多是来自高炮作战部队的基层干部。不怕军校训练严格,只怕大学所学专业日渐荒疏,影响今后的研究工作,心有所虑,节假日常去武昌东湖游览散心。

乡 音

异方时把底弦侵,
总为乡音误客心。
欲问故园当记省,
莫教人笑错相寻①。

(1963年秋)

[注释]

①"异方"一词指武汉。节假日有时上街,偶闻熟悉乡音,怕叫错人,不敢随便打招呼。

演习①

霜晨月黑炮车追，
雷厉风行会锐师。
一树令旗惊地震，
万星弹雨急天驰。
靶航才覆金光耀，
烟动倾飞白雪姿。
更喜云间声激烈，
心花怒放碧空时。

（1963年冬　武昌）

[**注释**]

① 记武昌军校学员的一次高射炮部队的军事演习。部队开拔时，天还没有亮。演习按预定路线行军，占领阵地、修筑掩体、射击打靶等，几乎包括了平时军校所学的全部军事课程。初次经历如此"实战"，令人难忘，遂有此作。

元宵夜忆中秋①

青垂西塞野亭幽,
碧浪湖开塔影游。
常忆少时明月夜,
轻歌曼舞度中秋。

（1964年元宵夜　武昌）

[注释]

① 西塞山、碧浪湖为浙江湖州的风景名胜区，在湖州中学读书时，每年都会去游览。湖州中学是浙江省立名校，不少学生来自邻近的苏浙两省，住读生也不少，中秋节常举办文艺晚会。在军校的元宵之夜，不由自主地想到湖州中学的中秋之夜。

屈原纪念馆①

一片忠心是屈原,

空招昏聩楚王魂。

沉江遗恨吟仙骨,

忧国忧民亘古尊②。

（1964年3月　武昌）

[注释]

①　屈原纪念馆在湖北省武汉市武昌区东湖风景区。屈原是战国时期楚国的政治家,我国历史上第一位伟大的爱国诗人,浪漫主义文学奠基人。他所作的《离骚》对后世文学有深远影响。

②　屈原忧国忧民,主张联齐抗秦,遭排挤诽谤,被流放至沅湘流域。楚被秦攻破后悲愤交加,自投汨罗江以身殉国。

东湖行吟阁[①]

柳绿桃红若有知,
山明水秀亦称奇。
东湖最是行吟处,
千古诗魂一楚辞。

(1964年3月29日)

[注释]

① 行吟阁在武昌东湖西北岸听涛轩东侧小岛上,四面环水,经由新筑长堤上的荷风桥可到达。1955年兴建,取《楚辞·渔父》中屈原"行吟泽畔"之意命名。阁前竖有爱国诗人屈原的全身塑像。

春 游 东 湖[①]

翠林闪烁耀前川,
清卉馨香送野烟。
惬意东风人自约,
出新杨柳燕周旋。
千红争艳三春绚,
万紫流芳百世妍。
今日满园花似醉,
醉教孺子笔生泉。

（1964年4月）

[注释]

① 武汉市武昌东湖湖面33平方千米,是当时我国最大的城中湖。

登蛇山有感

龟蛇自古恨无闻,
惯见凡尘茹苦辛①。
兴废从来因百姓,
功名哪有为黎民②?
一朝乡国红旗乱,
万代江山大众巡。
直使人间换新宇,
神州百载幸逢春。

(1964年春)

[注释]

① "龟蛇"指武汉市的龟山、蛇山。
② "兴废"指改朝换代,"功名"指功成名就。

重 到 武 汉

五十年前学员兵,
重游胜地武昌城①。
反清首义共和举,
革命中心北伐征。
血雨腥风留史鉴,
英雄烈士永垂名。
井冈山上红旗举,
万里长征入北京。

（2016年4月12日）

[注释]

① 武昌位于长江南岸,武汉三镇之一,名胜古迹多。当年曾在武昌一军校学习,50多年后,游览湖北时重到武昌城。

武昌黄鹤楼①

武昌昔日蛇山游,
不见当年黄鹤楼。
崔颢题诗挥笔去,
诗仙敛手赏无酬。
今朝黄鹤琼楼上,
千载白云天际悠。
胜境凌空凝望远,
一桥飞架大江流。

(2016年4月12日)

[注释]

① 黄鹤楼相传始建于三国,历代屡建屡废,1985年在武昌蛇山顶重建,规模雄伟,有"天下绝景"之称。

襄阳古隆中①

躬耕陇亩隐隆中,
三顾茅庐知遇同。
鼎立三分兴汉策,
计谋天下辅刘功。
卧龙诸葛祠堂在,
羽扇纶巾智圣崇。
百世流芳耀千古,
鞠躬尽瘁节廉忠。

(2016年4月15日)

[注释]

① 古隆中在湖北省襄阳市西南隆中山之东,三国蜀汉丞相诸葛亮的故居所在地。古隆中有许多与诸葛亮有关的名胜古迹,如三顾堂、草庐亭、躬耕田、抱膝亭等。

保康五道峡[①]

峡谷游来五道逾，

峰林列峙一溪迂。

卞和璧玉空呈献，

荆楚宫庭不识瑜。

刻玺秦皇传国宝，

历朝世代觅遗珠[②]。

趣闻逸事风光好，

水秀山青放眼愉。

（2016年4月16日）

[注释]

① 五道峡风景区位于湖北襄阳市保康县北部，由5个峡谷段构成，峡谷长五六千米，并有一条溪水相连。风光险奇幽深，历史遗迹和民间传闻相映成趣，引人入胜。

② 相传春秋时期，楚人卞和在五道峡内的抱玉岩得到一块璞玉，两次献玉无人识宝，先后被厉王、武王问罪而断左右足。后文王使人剖璞，果得宝玉，遂命名为"和氏璧"。

湖北武当山①

洞天福地一仙山,
敕建皇家祖庙先。
壮美风光历来胜,
钦封大岳史无前。
自然文化雄奇伟,
宫观华堂精美妍。
古建楼群世遗录,
武当太极九州传②。

（2016年4月17日）

[注释]

① 武当山在湖北省西北部。

② 武当山风光壮美,武当太极拳和太极剑集武术与养生为一体,是中华武术的一个重要流派。

神农坛[1]

原始图腾牛首镌,
神农远古发明传。
务农耒耜开耕地,
育种粮田浇灌泉。
相土聚居营屋舍,
制琴乐舞喜尘缘。
烧陶尝草明医药,
炎帝丰功画祭坛[2]。

（2016年4月19日）

[注释]

① 神农架在湖北省西部神农架林区。景点神农坛是炎帝神农氏的祭坛,造型为长角牛首人身。神农氏是传说中农业和医药的发明者。

② 相传神农氏有八大发明创造。后人为铭记他的丰功伟绩,将他的原始发明创造镌刻成八幅壁画,立在神农祭坛路旁两侧。

昭君故里①

香溪清澈绕青山,
毓秀钟灵村女妍。
征选皇家入宫掖②,
天生绝色结胡缘。
昭君出塞和亲远,
华夏文明朔漠传。
千古明妃功德著,
魂归故里亦堪怜③。

(2016年4月20日)

[注释]

①"昭君故里"在王昭君故乡宝坪村,西汉时属南郡秭归,今属湖北省宜昌市兴山县。

②昭君深明大义,自愿出塞和亲,将汉族文明传播塞外,促进了民族友好。唐杜甫有诗云:"群山万壑赴荆门,生长明妃尚有村。"句中"明妃"即昭君。

③今昭君故里,重建故宅,新建纪念馆,立高达2.8米的汉白玉昭君雕像。

三 峡 人 家

三峡人家巴楚融,
西陵岸畔水山雄①。
渔民撒网打鱼处,
村女捶衣击石中。
洞绝泉甘野坡阔,
谷幽湾急竹林葱。
风光如画风情朴,
吊脚层楼哭嫁风②。

（2016年4月21日）

[注释]

① 三峡人家位于湖北省宜昌市长江三峡中秀美壮丽的西陵峡之内，三峡大坝和葛洲坝之间。

② 三峡人家，农舍大多是两三层的吊脚楼，有的楼前宽阔，可作演出场地之用。一处楼前正在演出"新娘哭嫁"的节目，风趣逗人，观众笑声不绝。

玉楼春·登岳阳楼

名楼毁建频繁替,
琼阁飞檐千古继。
巴陵胜状岳阳楼,
浩渺洞庭天下水①。

升迁贬谪皇权事,
悲喜人生家国系。
先忧后乐谏臣忠,
济世安民贤达仕②。

(2018年5月20日)

[注释]

① 岳阳楼位于湘北洞庭湖畔,与黄鹤楼、滕王阁并称为"江南三大名楼"。纯木结构,榫卯衔接,气势雄伟,巍峨壮观。

② 北宋滕子京遭贬谪,任巴陵郡太守时重修岳阳楼,请范仲淹撰文。范作《岳阳楼记》,使楼之声名显赫,文中流传千古名句"先天下之忧而忧,后天下之乐而乐""不以物喜,不以己悲",委婉劝慰老友看淡人生。后世不少人常引为励志名言。范仲淹以天下为己任,是封建社会中为数不多的济世安民之良臣。

虞美人·张家界宝峰湖①

一湖绿水半湖影,
高峡危峰映。
金蟾含月岸旁居,
仙女下凡照镜倩妆梳②。

宝峰丽景漫飞瀑,
山麓流泉覆。
张家界里碧波鸿,
叠岭环湖俊俏秀无穷。

(2018年5月21日)

[注释]

① 宝峰湖位于张家界,湖水秀丽,洞天幽野,是张家界核心景区唯一以水为主的景点,被称为"世界湖泊经典"。

② 宝峰湖的湖心岛上有"金蟾含月"和"仙女照镜"两个天赐奇景。

石州慢·张家界金鞭溪①

峡谷幽深,
武陵源里,
峭崖林立。
潇湘壮丽风光,
绝景寰球难觅。
珍禽罕兽,
奇花异草齐生,
香楠贡品朝廷入。
见说大鲵鸣,
似婴啼声息。

南国。
金鞭溪畔,
水秀山青,
浓荫遮日。
耸峙群峰,
十里画廊谁画?
文星岩肖,

鲁迅头像沉思,
观音送子神鹰硕。
造化出天工,
铸人间仙迹[②]。

（2018年5月22日）

[注释]

① 湘西张家界金鞭溪被誉为"世界上最美丽的峡谷之一"。金鞭溪得名于景点"神鹰护鞭",溪畔峡谷两岸,树高荫浓,山高水长,景观峻峭壮美。

② 金鞭溪畔的"十里画廊",危崖俏岩林立,"文星岩"酷似鲁迅头像,"母子峰"有如观音送子。天工开物,造化了这片人间仙境,画家吴冠中赞之为"一片童话般的世界"。

醉蓬莱·武陵源四日游①

仰自然造化，
溶洞山巅，
巍峨高挺。
环顾皆低，
独耸澄霄岭。
玄朗天门②，
航机穿越，
问五洲谁胜③？
岚气氤氲，
霞光辉耀，
毓灵神应。

武陵源里，
谷深岩峙，
拔地三千，
潇湘奇景。
天使神工，
架凌云桥顶。

栈道危崖,
迷魂台下,
聚峰林天井。
传说张良,
辞官学道,
隐居仙境。

（2018年5月25日）

[注释]

　　① 武陵源风景名胜区位于湖南省张家界市武陵源区境内,已被列入《世界遗产名录》。
　　②"玄朗"意为高明、旷达。
　　③ 1999年,俄、美、匈、捷、哈萨克斯坦、立陶宛六国飞行员驾机穿越天门洞,轰动全球,创吉尼斯世界纪录,从此,天门洞更是举世闻名。

小重山·湘西古丈红石林

扬子沧桑古海深。

丹霞峰岭出、亿年沉。

碳岩壮美现奇琛。

红颜丽,

造化石园林①。

远客胜游临。

寰球唯古丈、世难寻。

神州万里有仙岑。

潇湘阔,

奇迹入诗吟。

(2018年5月27日)

[注释]

① 湘西古丈红石林是全球唯一在寒武纪扬子古海地质时期形成的碳酸盐岩石林,距今约有4.5亿年,系地壳运动和海侵溶蚀而成。诗中"奇琛"意为奇珍异宝。

清平乐·湘西凤凰古城①

沱江两岸，
吊脚层楼遍。
石板老街多古建，
民族风情频现。

湘西历史名城，
凤凰美誉蜚声。
入夜繁灯映彩，
水山炫丽清澄。

（2018年5月27日）

［注释］

① 凤凰古城位于湘西土家族苗族自治州西南部，因背依的青山形似一只凤凰而得名，为湖南十大文化遗产之一。

浪淘沙·瞻仰毛主席故居①

有幸访韶山，
瞻仰心虔。
星星之火可燎原。
创建农村根据地，
捷报频传。

革命一时偏，
大业维艰。
长征万里救亡先。
日出东方红胜处，
换了人间！

（2018年5月30日）

[注释]

① 毛泽东率领红军上井冈山，开创农村革命根据地，形成农村包围城市的大战略，奠定了中国革命最终胜利的基础。此日到湖南省湘潭市韶山冲瞻仰了毛泽东故居，了却了一个心愿。

清平乐·南岳衡山[①]

衡阳南岳,
胜景潇湘卓。
名系铨钧天地度,
传说尧舜禹落。

年年回雁奇峰,
秋来春去飞鸿。
寿比南山堪颂,
人生无愧从容[②]。

(2018年6月1日)

[注释]

① 南岳衡山在湖南省衡阳市的南岳区和衡山县等地境内,山势雄伟,绵延百余里。据战国《甘石星经》记载,南岳位于星座二十八宿的轸星之翼,"铨德钧物",意为可权人之德,可称天地万物,故名"衡山"。相传为尧、舜、禹巡疆狩猎、祭祀天地之处。

② 衡山又称"寿岳""南山"。常用"寿比南山"祝寿，此处的"南山"即衡山。登临南岳衡山，到处有"寿"字石，可见衡山独有的寿文化源远流长。

菩萨蛮·鸣沙山月牙泉[①]

鸣沙山上沙如雪,
鸣沙山下峰驼接。
天地映苍黄,
浑然一体长。

月牙泉独秀[②],
澄澈沙龙佑。
奇境乐优游,
辛劳瀚海舟[③]。

(2009年7月8日)

[注释]

①鸣沙山在甘肃省敦煌市区南6千米,最高处海拔1 715米。从山顶下滑,沙砾随游客身体下坠,沙声不绝于耳,故有鸣沙之名。

②月牙泉在鸣沙山北麓,与鸣沙山在同一个景区内。泉中涟漪萦回,水草丛生,清澈见底。数千年来,晴沙自鸣,湾泉如月,风吹沙不落,泉清水不涸,堪称沙漠奇观之一绝。

③"瀚海舟"即"沙漠之舟"骆驼。

菩萨蛮·莫高窟①

敦煌神艺精深博,
玉关戈壁鸣沙角。
国宝散尘寰,
沧桑几劫年?

慈悲菩萨渡,
灵动飞天舞。
彩塑趁浮图,
洞中千佛殊②。

(2009年7月8日)

[注释]

① 莫高窟俗称千佛洞,在甘肃省敦煌市东南,上下5层,始建于前秦建元二年(366)。

② 莫高窟造像为泥质彩塑,相传造窟历经10多个朝代。"洞中千佛殊"意为:窟中文物形制类别多,建筑、塑像、壁画三结合,艺术精美,内容广泛。

麦积山石窟

麦积山形如麦垛，
东方雕塑馆崖前①。
天堂洞像雄奇伟，
火焰宝珠珍巧妍②。
丰满隋唐呈细腻，
端庄元宋显诚虔。
丝绸网点申遗录，
佛窟精华世代传。

（2016年8月1日）

[注释]

① 麦积山石窟在甘肃省天水市东南30千米的麦积山上，山高142米，如农家麦积之状而得名。
② "火焰"指火焰纹；"宝珠"指"摩尼宝珠"。

平凉崆峒山[①]

峰峦雄峙岭途崎，

高峡平湖漾碧漪。

薄雾轻烟林海浪，

丹霞绝壁砾岩基。

伏羲故里人文始，

黄帝崆峒问道时[②]。

幽谷轩辕宫观古，

武林门派盛名驰。

（2016年8月2日）

[注释]

① 崆峒山在甘肃省平凉市西，泾河环绕，主峰海拔2 100多米。地势险峻，是丝绸之路西出关中之要塞。

② 崆峒山有"天下道教第一山"及"道源所在"之誉，相传为伏羲故里。传说轩辕黄帝西巡到此，还曾上山问道于隐居在此的广成子。

景泰黄河石林①

黄河峡谷石林间，
路转峰回景万千。
禅座观音菩萨在，
招魂屈子汨罗捐。
取经天竺征程远，
拔地金龙峭壁悬②。
梦幻时空叹观止，
雄奇险古野幽全。

（2016年8月4日）

[注释]

① 黄河石林国家地质公园位于甘肃省白银市景泰县东南部，是集地貌、地质构造、自然景观与人文历史于一体的独特的旅游景区，堪称"中华自然奇观"。

② 初次游览黄河石林，先坐羊皮筏过黄河，激荡起伏，上岸再坐驴拉板车，晃晃悠悠，情趣盎然。一路两旁尽是石林，形态万千，目不暇接，有"观音打坐""屈原问天""神女望月""唐僧取经""拔地金龙"等天然造型，石像大多富涵中华文化。

中卫沙坡头

自然生态沙坡头,
峡谷黄河大漠俦①。
心喜羊皮筏里渡,
身随激浪水中流。
峰驼跨坐晃悠览,
索道滑行飞速飕。
宁夏风光中卫胜,
碧云红日绿洲游。

(2016年8月5日)

[注释]

① 宁夏回族自治区中卫市城西沙坡头位于宁夏、内蒙古、甘肃交汇处,集大漠、黄河、高山、绿洲、草原为一地,融长城、丝路、游牧、农耕等多种文化于一体,荟萃了塞北江南自然风光。

青铜峡一百零八塔

一百零八古塔群,
青铜峡谷喇嘛坟①。
葫芦错落排行列,
风物珍稀罕见闻。
出土经书西夏字,
遗存残卷藏书文。
游人数塔除烦脑,
佛地传言众说云。

(2016年8月6日)

[注释]

① 一百零八塔在宁夏回族自治区青铜峡市的峡口山,黄河西岸面东的一个陡峭山坡上,按1、3、3、5、5、7、9、11、13、15、17、19共12个奇数,从上到下排列在12级台阶上,塔数总计为108座,景点得名于塔数。最上端的一个最大,其余各塔较小,形制略有不同。为我国唯一一处大型古塔群,形制布局为上顶下底等腰三角形,传说是108座喇嘛坟。

贺兰山西夏王陵

西夏王陵景壮观,
贺兰山麓傍银川①。
党羌文化多元合,
世袭皇朝二百年②。
享誉东方金字塔,
胜游西北帝陵园。
绝无仅有申遗列,
文化自然双璧传。

(2016年8月7日)

[注释]

① 西夏王陵在宁夏银川市西贺兰山东麓,是西夏帝王陵墓,其范围南北约10千米,东西约4千米。陵园对研究西夏文化和汉文化的关系有重大价值。

② 西夏始于1038年,世袭十代至1227年,传国190年而亡,诗中"二百年"系概数。

菩萨蛮·青海日月山

湟源日月山河别,
唐蕃古道情悲切。
掷镜又西行,
皇娥大义明①。

藏王迎柏海,
雪域文明荟。
造福宅心仁,
千秋祭祀频②。

(2010年9月10日)

[注释]

① 青海湟源有大唐与吐蕃的分界山赤岭,其也是青海农区和牧区的分界线。相传文成公主入藏和亲过赤岭,怀念家乡,登峰回望,取出皇后所赐日月宝镜,镜中顿现长安景色,公主悲从中来,但不忘和亲使命,毅然掷镜西行。破镜落在两座小山上,一映落日余晖,一映初生明月,湟源赤岭从此得名"日月山"。

②"柏海"即今青海省的鄂陵湖和扎陵湖。唐贞观十五年（641），文成公主和亲，松赞干布到此迎亲。今之日月山，山上修建了日亭、月亭，山下矗立汉白玉文成公主雕像，建有文成公主庙。

菩萨蛮·青海湖①

祁连巨泊青云漫,
高原翡翠名湖冠。
浩荡雪山中,
秋光碧水空。

湟珍西海鲤,
禽舞沧浪翅。
鱼鸟好风情,
牛羊芳甸鸣。

(2010年9月10日)

[注释]

① 青海湖古称"西海",蒙古语意为"青色的湖",传说为西王母的瑶池。位于青海省东北部大通山、日月山、青海南山间,面积4635平方千米,湖面海拔约为3193米,是我国最大的内陆咸水湖。盛产无鳞湟鱼,即青海湖裸鲤。

菩萨蛮·原子城①

金银滩里丹心献,
蘑菇云起惊相见。
千里诉衷情,
隔墙原子城②。

从来神秘境③,
别有风光胜。
瀚海震长空,
元勋膺首功④。

(2010年9月10日)

[注释]

① 原子城位于青海省海北藏族自治州海晏县境内的金银滩草原,是我国建设的第一个核武器研制基地,老一辈科技工作者在此研制成功第一颗原子弹和第一颗氢弹。原子城建于1958年,1995年5月15日退役,更名为西海镇,现为海北州府所在地。

② 原子城有一感人的故事:在原子弹首爆成功的庆功晚会

上，一对夫妻意外"相遇",因为遵纪保密,他们竟不知彼此仅一墙之隔,同在原子城工作,此前都是靠书信联系。

③"神秘境"指制造原子弹、氢弹基地的原子城。这里建成的原子城纪念馆已成为金银滩草原的一个独特景点。

④"瀚海"指新疆罗布泊地区,"两弹"在此多次试爆成功。

虞美人·青海大柴旦翡翠湖

盐湖茶卡天空镜,
翡翠湖尤胜①。
霞辉幻彩入泉园。
云起水清波卷映蓝天。

皑皑白雪青峰覆,
湖里丹霞岫。
老来自在乐优游。
壮美风光罕见水山浮②。

（2019年6月9日）

[注释]

① 青海的茶卡盐湖洁净壮美,声名卓著,堪称"天空之镜"。而大柴旦翡翠湖位于青海省海西蒙古族藏族自治州大柴旦镇境内,面积15平方千米。"翡翠湖"是当地人对大柴旦镇众多彩色盐卤池的总称。比之茶卡盐湖,翡翠湖的湖水碧绿炫幻,光彩夺目,湖中有丹霞冈峦,出水奇丽,可谓别有天地。

念奴娇·天路、布达拉宫

老当益壮,
入苍穹、天际乘龙飞越①。
镜泊银河辉大地,
雪岭冰川寒彻。
旷野牦羚,
长空鹰隼,
亘古洪荒阔。
昆仑赐水,
万灵生息无竭②。

日光城北山巅,
琼楼珠玉,
遗世神宫阙③。
七彩幽明菩萨殿,
香火氤氲尘佛。
松赞文成,
亲和蕃汉,
功德千秋说。

堂皇三界，

高原神境奇绝④！

（2010年8月29日）

[**注释**]

①"苍穹"即天空，题中"天路"两字指青海西宁到西藏拉萨的青藏铁路，"天际乘龙飞越"意为列车在"天路"上奔驰。

②三江源是长江、黄河、澜沧江的发源地，堪称"中华水塔"。三江源位于世界屋脊青藏高原腹地，是我国海拔最高、第一个涵盖多种生态类型的自然保护区群。

③"神宫"指拉萨玛布日山上的布达拉宫。

④"堂皇三界"指布达拉宫的红宫、白宫和宫墙内其他部分。

菩萨蛮·米拉山赏初雪[①]

浦江处暑犹炎热,
藏山昨夜迎飞雪。
浩瀚裹妖娆,
寒凝品自高。

凌空天地外,
白发形踪在。
不老好心胸,
壮游情独钟。

(2010年8月30日)

[注释]

① 米拉山在西藏工布江达县境内,横亘于雅鲁藏布江的谷地之中,成为雅鲁藏布江东西两侧地貌、植被和气候的重要分界山。

菩萨蛮·林芝行

中流砥柱惊湍撼①,
巴松错绿层林染②。
一路雪涛声,
尼洋河畔行。

藏江云岭瀑,
密境怀峰谷③。
苍翠柏如龙,
参天神树通④。

（2010年8月30日）

[注释]

①"中流砥柱"指尼洋河谷中一巨石景观，湍流击石，惊心动魄。尼洋河是雅鲁藏布江的支流。

② 林芝市的"巴松错"又名错高湖，湖畔山高林密，湖水奇绿。

③"藏江"指雅鲁藏布江，怀抱海拔7 782米的南迦巴瓦峰，

形成世界最大的峡谷——雅鲁藏布大峡谷。

④ 林芝有巨柏保护区，其中最大的一棵柏树，树高50多米，树围达18米，树龄超过2 500年，被誉为"世界柏树王"。

菩萨蛮·羊卓雍错①日喀则②

藏南风景多佳丽,
羊湖碧玉神仙赐③。
山映雪峰寒,
云开天水蓝。

边陲秋夏莽,
野旷牛羊壮。
河谷大江旁,
青稞麦正黄。

（2010年9月1日）

[注释]

① 羊卓雍错藏语意为"碧玉，草原之湖"，在西藏南部浪卡子县境内，湖面海拔4 441米，面积638平方千米。

② 日喀则是西藏的第二大城市，在西藏西南部、喜马拉雅山北麓。日喀则曾是历代班禅驻锡之地。

③ "羊湖"为羊卓雍错的简称。

菩萨蛮·雍布拉康[①]

鹿宫神殿擎天伫，
经幡彩练风云舞。
世事隔千年，
碉楼非等闲。

雅砻河谷里，
藏族发祥地。
松赞吐蕃平，
迁都拉萨城。

（2010年9月3日）

[注释]

① 雍布拉康是西藏历史上第一座宫殿。相传建于公元前1世纪，后来成为松赞干布和文成公主在山南的夏宫，殿堂内至今仍供奉松赞干布和文成公主、尼泊尔尺尊公主塑像。雍布拉康位于山南市泽当镇东南，高耸于雅砻河东岸扎西次日的山顶上，山形如母鹿，"雍布"意为"母鹿"，"拉康"意为"神殿"。

菩萨蛮·纳木错、羊八井

冰峰环峙神湖翠,
碧波激荡祥云蔚。
万里度边秋,
九霄方外游①。

汽蒸羊八井,
地火生奇景。
热电世无双,
温泉雪岭藏②。

(2010年9月5日)

[注释]

① 西藏纳木错是世界海拔最高的大内陆湖、我国第二大咸水湖。到此一游,诗谓"九霄方外游"。

② 羊八井位于西藏自治区当雄县的山谷中,有世界海拔最高、国内最大的地热发电站。

菩萨蛮·罗布林卡[①]

夏宫神殿繁花簇，
瑶池甘露仙禽沐。
林树郁葱葱，
珍稀巨柏松。

筑园循佛义，
香路轮回意。
华苑好清秋，
依山晴碧悠。

（2010年9月6日）

[注释]

① 罗布林卡在西藏自治区拉萨市西郊，意为"宝贝园林"，始建于18世纪达赖七世时期，旧为历代达赖喇嘛避暑的夏宫。罗布林卡是一座典型的藏式风格园林。

江城子·交河故城[①]

土崖故郡漫经行,
日蒸腾,
景凄清。
断壁残垣,
毕竟意难平。
闻说交河千古事,
凝望处,
废墟城!

汉唐西域旧都庭,
市街横,
庙堂倾。
灾害当年,
祸及众生灵。
天道无情天可畏,
人贵有,

自知明。

(2009年7月9日)

[**注释**]

① 交河故城位于新疆维吾尔自治区吐鲁番市西北约5 000米处的雅尔湖村之西,称"雅尔湖城",在两条古河道环抱的岛形台地上,汉名"交河城"。元末并入吐鲁番,日久城废。

念奴娇·喀纳斯①

金山藏丽②,
北疆角、欧瑞风光唯独。
葱郁层林千嶂里,
碧落瑶池幽谷。
雪压峰寒,
冰融水冷,
绿野薰衣馥。
观鱼亭上,
卧龙仙子流玉。

杖履湖畔徜徉,
神怡天籁,
心旷沧波逐。
忘却尘间烦恼事,
万里悠游乡曲。
有限年华,
无穷岁月,
忧喜交相续。

人生苦旅，

老来还享清福。

（2009年7月14日）

[注释]

① "喀纳斯"是新疆维吾尔自治区北部布尔津县阿尔泰高山密林中一个淡水湖，是我国唯一的北冰洋水系，现为国家级自然保护区。

② 金山即阿尔泰山。

清平乐·白哈巴、禾木即景

层峦悦目，
白桦斑斓簇①。
图瓦人家原木屋，
路上花牛鸣犊。

门桥碧水逶迤，
牧乡烟树迷离。
旷谷山居隔世，
天生古朴清奇②。

（2009年7月15日）

[注释]

① 白哈巴地处边境地带。去边境的公路穿越白哈巴森林公园，白桦林漫山遍野，赏心悦目。

② 禾木是我国西部最北端的游牧村庄，也是图瓦人集中居住的最大村庄，有"中国第一村"之誉。

踏莎行·那拉提草原①

芳甸无垠,
苍穹清湛,
毡房绿野银辉灿。
牧牛放马雪山前。
雄鹰自在长空展。

姹紫天涯,
馨香云畔,
花源深处游踪遍。
亭亭玉树九霄间,
夕阳红恋风光倩。

(2009年7月20日)

[注释]

① 那拉提草原地处天山腹地,伊犁河谷东端,为世界四大草原之一,自古以来就是著名的牧场。

破阵子·到罗布泊①

闻道死亡之海,
古时盐泽曾名。
塔里木河沙水竭,
遗迹楼兰美女呈,
印欧人种形。

密境游人远望,
围栏禁止通行。
两弹蘑菇云迭起,
赤子元勋报国情,
中华实力增!

(2019年6月10日)

[注释]

①"罗布泊"意为"汇入多水之湖",在新疆塔里木盆地东部、若羌县北部,湖面海拔768米。今已干涸成"死亡之海",为国家级自然保护区。

汉宫春·喀什古城

大漠沙尘，
有南疆瀚海，
喀喇王城。
千年史载重镇，
疏勒原称①。
街区古巷，
户门开、墙内花盈。
民宅院、初来游客，
任君入览相迎。

民族风情浓郁，
喜欢歌旋舞，
快意人倾。
迂回旧城老路，
密织交横。
迷宫暗语，
出城门、六角砖行，②
居屋集，层层叠叠，

古来历史名城。

（2019年6月14日）

[**注释**]：

① 喀什古城遗址有二：一为喀喇汗王朝王都遗址，在今城南；二为汉张骞记载的疏勒，距今2 000多年，在今城东。2015年7月，喀什古城被定为国家5A级景区。

② 喀什古城迷宫式的街区道路，游客容易迷路，当地人不会，路有暗语：沿着六角砖走可出古城，沿着四角砖走出不了城。

小重山·天山神木园

戈壁明珠神木园①。
新疆名胜地、盛名传。
千年古木入云端。
浓荫下,
携抱不成环②。

虬树纵横缠。
盘根匍伏突、满丘峦。
生机勃发秀枝攀。
清泉涌,
奇境出奇观③。

(2019年6月16日)

[注释]

① 天山神木园号称"戈壁明珠",在新疆阿克苏地区温宿县境内,占地700余亩,园中古树树龄少则300年,多则千余年。

② 园中最高大的一棵杨树,高90多米,树围近20米,几个

人携手抱树也围不过来。

③ 神木园古树千姿百态,树根粗大,到处蜿蜒起伏。园中高处有千年圣泉,流量大,水质甘甜,堪称"奇境出奇观"。

踏莎行·巴音布鲁克大草原①

牧草茵茵,
雪峰环抱。
山间盆地云山坳。
土尔扈特誓东归,
乾隆钦赐优抚犒②。

骏马功奇,
肥羊毛好。
高原坦克牦牛宝③。
天鹅湖里涉禽鸣,
婀娜展翅芭蕾跳④。

(2019年6月10日)

[注释]

① 巴音布鲁克大草原位于新疆维吾尔自治区巴音郭楞蒙古自治州和静县西北、天山南麓腹地中,是我国仅次于内蒙古呼伦贝尔大草原的第二大草原,为新疆畜牧业最重要的基地之一。

② 1771年，土尔扈特在首领渥巴锡等人的率领下，从俄国东返祖国。乾隆优抚犒赏，将巴音布鲁克大草原赐予他们放牧定居。

③ 巴音布鲁克盛产"草原四宝"：焉耆天山马、巴音布鲁克大尾羊、美利奴羊和"高原坦克"天山牦牛。

④ 天鹅湖坐落在巴音布鲁克大草原东南部，星罗棋布的湖泊沼泽连接成大片水域，为我国第一个国家级的天鹅自然保护区。

端正好·特克斯八卦城[①]

汉家经典乌孙继。
特城筑、遵循周易。
中心辐射八方指。
四路环、车奔驶。

六爻八卦奇观地。
传西域、易经奥秘。
内涵富蕴文明系。
海内外,中华最!

(2019年6月19日)

[注释]

① 特克斯县隶属新疆维吾尔自治区伊犁哈萨克自治州,是《史记》中记载的乌孙国的所在地。特克斯县城的街道按八卦图布局,故称特克斯八卦城。